YA NO SOMOS VÍRGENES

Novela

Ingrid Odgers Toloza

EDICIONES
ORLANDO

Agradecimientos:

A mis padres.
A mis hijos.
Especialmente a Cris
por su paciencia e impaciencia.

A todas las mujeres de mi vida,
porque a todas las he amado.

El día que una mujer pueda no amar con su debilidad sino con su fuerza, no escapar de sí misma sino encontrarse, no humillarse sino afirmarse, ese día el amor será para ella, como para el hombre, fuente de vida y no un peligro mortal.
Simone de Beauvoir

La vida es un continuo perdonar y perdonarse, no existe otra forma de encontrar la Paz.
(Y no he dicho que sea un trabajo fácil)
La autora.

PRÓLOGO

"Ya no somos vírgenes", es una novela de la escritora chilena Ingrid Odgers, donde nos ofrece un acercamiento hacia la realidad de muchas mujeres, no sólo de este siglo, sino que ha existido desde siempre, agazapada, escondida, al acecho de un momento para revelarse: el lesbianismo. Respecto del término que alude a la condición femenina de sentir atracción hacia mujeres en lugar de hombres, prefiero introducir la palabra lesbianidad porque este sustantivo es femenino, el morfema de sustantivo"dad" le confiere la altura que tienen palabras como "libertad", "individualidad" que aluden a valores o a condiciones, en lugar de "lesbianismo" que decanta en un sufijo compartido por patologías o defectos.

El lenguaje de la novela dista mucho del grotesco registro al que recurren los autores para presentar los textos que giran en torno a la homosexualidad con el fin de reclamar terreno para su voz, con lo cual caen en una redundancia que diezma dos veces la obra: le resta belleza, la arroja al fango de la vulgaridad y cae en lo innecesario -todo lo innecesario en un texto es ripio que le impide elevarse-. La obra de Odgers recorre todos los estratos lingüísticos, convirtiéndose en un cuadro armónico de discursos exigidos cuando se transporta a lo filosófico, lo antropológico (logra una proeza que le he visto a Kundera y a Sartre: hacer entender al lector incipiente conceptos de muy alto nivel) y a la vuelta de página, un verbo sencillo; de pronto, nos ubica en medio de una calle chilena, de la mano de ismos criollos del país que le aportan sabor, cercanía e identidad territorial al texto.

Una protagonista inteligente, femenina, que despierta a la vida en el momento cuando le abre la puerta a la verdad contenida, amordazada en su corazón es nuestra narradora. Una voz poética fundida en la entrega de un amor puro como el cristal entre una

9

mujer a otra, es quizás una apuesta escasamente hecha, pero real tanto en "Ya no somos vírgenes" como detrás de muchas puertas que resguardan hogares no sólo chilenos, sino del mundo nos presenta los acontecimientos narrados. Sí; poesía y narrativa juntas en esta novela; como juntas pueden abordar la vida dos mujeres.

Odgers apela a la ficción del género para apuntar un dardo necesario a un blanco que cada día es más esquivo: la inclusión verdadera de la lesbianidad como una condición más del ser humano. En tal sentido, es necesario hacer un alto y señalar lo expuesto por la autora en las palabras preliminares de su texto: la novela no contó con apoyo de los fondos destinados a la edición y publicación del libro, no por insuficiencia estética o por inconsistencia temática o mal manejo del género; sino porque el tema "no es de interés".

Es increíble que sea, precisamente, el círculo de intelectuales chilenos, encargados de guardar, difundir y nutrir el acervo cultural del país a través de la inclusión de ideas nuevas, destrucción de paradigmas, rompimiento de esquemas, llamado a la revolución de los cánones sociales que se circunscriben sobre la subyugación de la manifestación limpia, buena y armónica de la humanidad la que se haya manifestado -no sé si en pleno- en contra de la difusión de una obra cuyo tema central es el amor en toda su dimensión sólo porque quienes lo mantienen entre sí son dos mujeres.

El machismo está presente en todas las esferas, es lamentable, pero cierto. Sin embargo, me resisto a pensar que prevalezca en las decisiones que tienen que ver con lo artístico y lo intelectual, lo humanista por encima de lo que debe evaluarse en una obra literaria. ¿Quién tiene autoridad para saber si un tema es o no de interés? Suena a chisme de matinal de televisión, a opinólogos y agoreros de poca monta, no a producto de una deliberación seria, ajustada al argumento narrativo, estilo, discurso, armonía, propósito y mensaje del texto.

El machismo se desborda desde que la existencia, protección y trascendencia de la literatura concerniente a la homosexualidad masculina es- hasta- protegida. Las mujeres tenemos negado, incluso, ser homosexuales. Nuestra obra no se difunde si no es de amores convencionales, de borrachas, de meretrices venidas a más, de femicidios, de la mujer llorona, de la presidiaria, del hombre homosexual. Obra sobre mujeres poderosas o lesbianas son "ideas que no cuajan" en el país.

La novela de Ingrid Odgers es revolucionaria en el sentido que nos presenta, no a la lesbianidad como una condición marginada, sino al amor marginado. El amor que viene con dos nombres de mujer. No es un discurso que se arrastra con el objeto de apelar a la bondad del lector para que lo levante, reflexione y "se compadezca", como generalmente ocurre con los textos de índole homosexual. Ya No Somos Vírgenes viene cargada de una idea expuesta de la forma más digna, sobria, impecable.

La tromba poética que se desata en los momentos de intimidad es turbadora, hija de Safo de Mitilene, poeta griega de la antigüedad: siglo VII AC, cuya procedencia -isla de Lesbos- y la leyenda que la grandeza de su poesía erigió sobre ella y el amor profundo que sentía hacia la mujer derivaron en el nombre de "lesbianismo" como condición particular amorosa en que una mujer se brinda como pareja a otra y que yo prefiero denominar "lesbianidad". En su poema "A Una Amada" se rinde el aliento y la tranquilidad del pulso:

"Paréceme a mí que es igual a los dioses/ el mortal que se sienta frente a ti y desde cerca te oye hablar dulcemente/ y reír de esa manera tan encantadora.

El espectáculo derrite mi corazón dentro del pecho, / Apenas te veo así un instante, me quedo sin voz/ se me traba la lengua.

Un fuego penetrante surge enseguida por debajo de mi piel. / No ven nada mis ojos y empiezan a zumbarme los oídos./ Me cae a raudales el sudor./ Tiembla mi cuerpo entero.

Me vuelvo más verde que la hierba./ Quedo desfallecida y es todo mi aspecto/ el de una muerta.

11

Y de Abu Nuwas, poeta musulmán del siglo VII, cuya voz lírica es homosexual y profundamente sensual, amorosa. Hay que tener horchata por sangre si al leer a Abu Nuwas no se estremece la piel: "El hombre es un continente, la mujer es el mar. Yo amo mejor la tierra firme". Frase ampliamente utilizada hoy por hoy./ "Un muchacho te tiende la mano con la copa/ y te habla con la voz de una gacela joven/ criada por nodrizas que extremaron su educación./ ¡A ti entrega sus riendas al sorber el vino,/ para ti la embriaguez desata su cinturón!/ Al acariciarlo te cautiva con sus encantos,/ te vuelve loco, hace saltar tu corazón./Emborrachado, alza su grupa con dificultad/ y se menea como una palma bajo la túnica/ caminando hacia ti, deshaciéndose en seducción".

O si al adentrarnos en el lirismo empleado por Erika, la protagonista de la novela "Ya no somos vírgenes", para manifestar la magnitud de los sentimientos cuya génesis ocurre en el encuentro físico con su amada no se desmaya el alma:

"nuestras lenguas juegan al compás de nuestra galopante ansia de amarnos, nos tenemos la una a la otra y más allá de ese instante donde los rayos efervescentes de la pasión y el fuego de la excitación se confunden, se abre el paraíso para nosotras, nada importa".

Nótese que los dos textos citados anteriormente al de la escritora chilena pertenecen a la era antigua y fueron no sólo publicados, sino inmortalizados a través de los tiempos. Miles de años después, en nuestra era, sirven de ejemplo para ilustrar lo que hace un buen poema al lector: lo seduce, lo convence, lo embriaga, lo perturba. No significa que hayan tenido vidas planas, carentes de dificultades; sin embargo, lograron trascender a través de sus vidas y; especialmente, de su obra literaria. No concibo real el trato que esta novela ha recibido de los jueces -eruditos- en letras chilenos al impedir la difusión de este trabajo no por su calidad; sino por prejuicios individuales.

El tema del libro no es de interés. Pienso en muchas de mis alumnas como mujeres de lucha, mucho más valientes que sus madres y que sus abuelas. Andan de la mano y se exponen al señalamiento de todos -incluso de hombres homosexuales-. Yo misma, profesora, escritora, poeta, crítica no señalo, pero he callado ante una verdad enorme e importante porque le atañe a mi género.

El tema del libro no es de interés. Imagino tantas mujeres que se cuestionan, que tienen miedo de mostrarse al mundo tal como son: hermosas, valientes, poderosas, limpias, dignas, madres de familia, ejecutivas, pobres, ricas; pero con un destinatario de su amor que las condena: una mujer igual que ellas.

El tema del libro no es de interés. Pero el Papa Francisco I -que Dios lo bendiga- se pronuncia y dice: "si una persona es gay, busca al Señor y tiene buena voluntad, quién soy yo para juzgarla. El Catecismo de la Iglesia Católica explica y dice que no se deben marginar a esas personas y que deben ser integradas en la sociedad", además: "la Iglesia hace suyo el comportamiento del Señor Jesús que en un amor ilimitado se ofrece a todas las personas sin excepción", y "toda persona, independientemente de su tendencia sexual, ha de ser respetada en su dignidad y acogida con respeto". Aunque a muchos les pueda doler, se trata del Papa de la Santa Iglesia Católica, Vicario de Dios en la Tierra, de acuerdo a mi Fe.

El tema no es de interés. Pienso en los guardias que arremetieron contra dos jóvenes mujeres porque iban de la mano y se dieron un beso dentro de una tienda de retail.

La novela de Odgers no pretende formar parte de un género distinto al de novela contemporánea; sin apellidos -homosexual, lésbica-. No se sustenta sobre el lobby gay ni pretende invadir o convertir al lector. Sino presenta la mujer lesbiana como heredera natural de un espacio que le es vedado dentro de una sociedad dentro de la cual nace, se desarrolla, se reproduce y muere sin haber vivido ni existido; por lo cual debe responsabilizarse y enrolarse en las filas de las que han de ser acribilladas con los índices de quienes las rodean, comenzando por sus familias, porque son las valientes que determinan marchar en la vanguardia.

Es una novela en cuyo interior se desarrollan varios temas, no sólo el de la sexualidad de la mujer lesbiana, sino también el papel de la mujer en la historia de la humanidad, de la historia de Chile, cómo se produce la involución y el deterioro de las relaciones humanas dentro de una relación marital en la cual uno se erige porque pisotea a la otra. La herencia del silencio y la rigidez estructural en la sociedad chilena tras la dictadura. La angustia de sentirse al margen de una ley que no está escrita en ninguna parte, pero es más cruel y lapidaria que cualquiera jamás escrita: Mujer: no amarás a la mujer; hombre: no amarás al hombre. La muerte que nos da cuenta de nuestra fugacidad en la vida. La situación económica de los ciudadanos de un país que destila progreso y abundancia: la cesantía creciente y la dificultad de salir de ella después de los 40 años. La diferencia entre pololeo y matrimonio y la violencia de género.

Que esta novela sea disfrutada por personas provistas de buen criterio y altas miras de lo artístico; por encima de toda inclinación personal.

Mío Araujo
Poeta
Profesora de Literatura

La vereda es un desierto. No el desierto florido por supuesto, me refiero a aquella enorme e infinita planicie de arena solitaria. Soledad sin horizontes. Y camino bajo la lluvia hacia el barrio universitario con la parka enorme y mi sombrero negro de alas. María Belén me llamó al mediodía, con voz apresurada y preguntó: ¿Erika, puedes estar a las cinco en el Minotauro? A la memoria me vino la imagen de un pequeño pub, donde estuvimos alguna vez. Respondo sí, claro que sí, ahí estaré. Almuerzo, me arreglo, salgo de la casa apresurada para estar puntual, me visto la casaca roja, le gusta tanto el rojo -alguna vez lo dijo-. En la vereda, levanto una mano acelerada, se detiene un colectivo en Veintiuno de Mayo con Miraflores. Me bajo en Víctor Lamas. Luego de cruzar algunas palabras con el chofer y asegurando mi sombrero negro para enfrentar al viento. Camino a paso firme con mis *caterpillar* al punto de encuentro preguntándome: ¿por qué razón María Belén me ha citado en ese lugar un día de lluvia como hoy? Muevo la cabeza y me resguardo bajo un alero en el extremo de una de las antiguas casonas. La lluvia cesa de súbito y un arcoíris se alza ante mí, enciendo un cigarrillo y lo miro para ver si prendió bien, no soporto un cigarrillo a medio encender, el reloj indica que faltan diez minutos para las cuatro, bien, he llegado temprano. No escasean las manías europeas de mis ancestros, pienso en que ojalá no demore. Observo a los jóvenes a la entrada del pub con su mochilas a la espalda, algunos ensimismados en sus pensamientos, otros en grupos, intercambiando frases en su lenguaje distintivo; el "guevón", el "ona" me suenan familiares junto al "cachai la onda y lo cuático". Los muchachos permanecen sólidos con sus ropas negras y las muchachas con los ojos pintados con sombras oscuras y rímel del mismo tono, signos de lo gótico, muy en boga. Ante la llovizna que prosigue, ingreso al "Minotauro". Hay

17

algunos clientes, insaciables consumidores de "chela" y picadillos varios, me instalo en una mesita, y pido al chico de pelo alborotado que me atiende una Vital, mientras me dispongo a esperar. Las cavilaciones no se hacen esperar, ¡Cómo no! Con María Belén todo puede suceder: desde un plantón, hasta una desaparición o una taciturnidad incomprensible. Me ha costado entender su alma, su espíritu es como un laberinto, su ser está atiborrado de contradicciones indescifrables a mis ojos, un misterio que no he logrado desentrañar. Toda tentativa ha resultado vana. Parece que esperar es frecuente desde que encontré a la princesa azul. Y no puedo evitarlo. Estoy aquí, en medio del bullicio que se hace cada vez más tenue cuando surgen los recuerdos, incontenibles, desbordantes...

1

El día que conocí a María Belén cambió mi vida en ciento ochenta grados, quedé atrapada por su mirada, su pelo que cae a un lado de la amplia frente, hubo ese *click* que estremece el estómago con una sensación indefinible. La veo ahora en la discoteca con una coca-light y el cigarrillo observado por sus ojos azules, su pelo rubio y esa sonrisa que llena de fulgor las noches invernales. Luego de mirarla detenidamente me acerqué a la mesa donde se encontraba para consultarle si estaba sola o esperaba a alguien, ella negó con un movimiento de cabeza y con un ademán de su mano libre indicó una silla a su diestra, fue entonces que extraje un cigarrillo y encendiéndolo le pregunté su nombre, María Belén, respondió, repliqué: Erika es el mío y ese fue el inicio de una extensa charla sin reservas que impidió darnos cuenta de la hora. Pasamos de nuestra vida de infancia a la adolescencia, nuestros matrimonios abortados y los hijos, seguimos con los desencuentros amorosos y la primera experiencia con una mujer: el inicio de esos instintos *anormales,* según los siquiatras de esos años, la etapa cuando nos dimos cuenta de lo diferente que éramos respecto a otras chicas maquilladitas, con falditas cortas, coquetonas, loquitas por los machos adolescentes, y nosotras admirando disimuladas a niñas de nuestra edad. Ya no quedaban bailarines en la pista y las jóvenes que atendían procedían a hacer la limpieza, quitaban las sillas y las colocaban sobre las mesas, el barman lavaba junto a uno de los chicos los cerros de vasos, otro ordenaba las botellas en las repisas luego de taparlas y limpiarlas con un paño rojizo, la música se había detenido, con gesto de asombro nos miramos y al unísono exclamamos: ¡Qué manera de conversar! Ya es domingo y no paramos de hablar en toda la noche

-agrego sorprendida- Guardamos nuestras cajetillas de cigarrillos, nos levantamos de nuestros asientos y nos pusimos nuestras respectivas chaquetas, y le digo: voy al baño antes de que nos vayamos, me mira indecisa y dice, yo también, una media sonrisa se dibuja en su rostro, y fuimos las dos a las *casitas* -expresión típica de colegio de monjas-. La dueña y su acompañante está con las llaves en las manos listas para cerrar el local en espera que terminen el aseo, nos sonríen al pasar, entra una primero, luego la otra, ella se pinta los labios y nos despedimos. Antes de acceder al pasillo que conduce a la salida la tomo de los hombros y la beso y eso fue como alcanzar el cielo, ella respondió como si lo hubiera estado esperando hace mucho rato y la locura corría por nuestras arterias, ardiente, y dije nos veremos y respondió que sí, que el lunes, ¿el lunes en la tarde puedes? Y su mirada me decía: Puedes, di que puedes, y yo, sí, claro que sí y quedamos de juntarnos en el *Pablo Neruda*, el café que está en la calle Diagonal camino a la Universidad de Concepción, ahí estaré dijo, y nos despegamos suavecito comiéndonos con los ojos. Vuelve a sacar el lápiz labial de su cartera y enrojece sus labios frente al gran espejo, mientras la observo con cara de boba y entre risas y gestos de camaradería le decimos hasta pronto a la dueña. Salimos y caminamos sin tocarnos por ese *no nos vayan a ver... cuidado que nos pueden ver,* nos acercamos a un taxi y preguntamos la tarifa, te paso a dejar en el taxi y después me voy a casa, asiente con un movimiento de su cabeza dorada y nos subimos y sin perder de vista al chofer, furtiva tomo su mano y el fuego subió de la punta de los pies al pecho y del pecho a los pies y nuestras manos se estrujaban con desesperación. Todo el trayecto mantuvimos ese contacto secreto, prohibido, en nuestros dedos latía la pasión contenida, los labios palpitantes con el deseo reprimido en el ahogo de los abrazos y los besos, aquellos que no podíamos brindarnos a la vista del taxista, nos estaban prohibidos. ¡Prohibidos! La palabra retumba en mi cabeza clavando agujas en mi cuerpo. Siento que la garra de un oso me desgarra. La dejé en la puerta de su casa y nos despedimos con una mirada colmada de promesas. Después, desplegando un rostro indiferente, le indiqué al chofer que diera la vuelta y tomara el camino a casa.

2

Abro la puerta del departamento, entro sacándome la casaca y arrojándola encima del sofá, voy a la cocina y coloco el hervidor para preparar un reconfortante café con leche, miro el reloj mural, son casi las siete de la mañana de un domingo frío, voy al dormitorio y me desvisto para ponerme pijama y zapatillas, me lavo los dientes y vuelvo a la cocina por esa taza calientita de café con leche, enciendo un cigarrillo y bebo sorbo a sorbo el líquido delicioso, luego me enfundo en la cama reviviendo los detalles de ese encuentro, analizando los gestos, intentando descifrar aquellas miradas en las que me refugio como en un oasis. No me doy cuenta cuando me quedo profundamente dormida. Ya son las cuatro de la tarde y veintinueve minutos cuando despierto recordando un sueño, con el corazón medio alborotado. Llamo a mamá para saber cómo está y contarle que llegué de madrugada, sí claro, estuve con un grupo de amigos, sí, lo pasé bien mamá, estoy bien, solo te llamo para decirte que hoy no iré a verte, lo haré mañana al mediodía, me responde: está bien hija, cuídate, yo le digo tú también, un beso y besos a papá, me siento mal al mentirle, mi madre ronda los ochenta, es una mujer vital pese a sus años y su vida llena de lucha y sacrificios, como lo es la vida de la mayoría de las mujeres de clase media, acostumbrada a extender el dinero, dedicada a la casa como todas las mujeres de su época, digna ama de casa, esclava de un marido dominante y autoritario que regía no solo los horarios de las comidas sino la hora de acostarse. A regañadientes, yo y mi hermana nos íbamos a las nueve en punto a la cama. Y ella es una mujer de espíritu alegre, de fortaleza increíble, posee una voluntad recia, donde apoyé mi espíritu casi toda la vida. La admiraba. Me hizo adicta a la ternura, a la suavidad: esa calidez que emana en forma exclusiva. Mi naturaleza es distinta, sin embargo es algo natural, solo que surgió cuando ya era bastante mayor, al gatillarse vienen recuerdos adormecidos por mi vida "normal". Enseguida del descubrimiento –que fue una verdadera hecatombe - Todo ha sido un proceso, un largo, lentísimo y doloroso proceso en mi vida. Al principio, las preguntas se atropellaron en mi mente ¿Por qué yo? ¿Por qué a mí? Y luego buscar libros, saber, conocer, aprender de esta "nueva vida", mientras la interrogante retumba en la cabeza: ¿quién soy? ¿Qué voy hacer ahora? Un proceso no carente de padecimientos, una revolución interna vivida por años en la más completa soledad. No era la revolución interior que transforma el mundo, de la que hablaba Jiddu Krishnamurti, quien alguna vez dijo: "usted y el mundo no son dos entidades diferentes. Usted es el mundo, no como un ideal sino de hecho... Como el mundo es usted mismo, al transformarse usted, produce una transformación en la sociedad... Un hombre no puede cambiar el mundo, pero ustedes y yo podemos cambiar el mundo juntos..."

Cambiar el mundo. Yo había cambiado, cierto, pero el entorno seguía inamovible. Por las noches, mi mano aferraba una copa de *pisco sour* y mis ojos miraban una noche tan azul y estrellada como son las noches de verano. Mi cuerpo estaba en una pecera, mis sentidos asfixiados por lo feroz e implacable que era el mundo exterior, incluidos los siquiatras con su aguda mirada indagando si esta mujer casada y madre era mitómana, loca de patio o algo de su historia era verdad. Lo que yo tenía, concluyo hoy, era una patología espiritual; el pensamiento era el siguiente: si lo decía ¿Qué dirían mis padres, mi hermana? ¿Me seguirían amando? o ¿Me odiarían y rechazarían? Y mi marido, mis hijos, las amistades. El mundo se había derrumbado. Arrojaba desesperada la copa de pisco sour en el balcón. Perdería todo lo construido con tanto esfuerzo. Y con un llanto desconsolado me metía a la ducha, confundiendo mis lágrimas con el agua. Y así transcurrían mis

23

días, presa de mis dudas, presa de las interrogantes. El sentimiento de abandono era total. Entremedio, las pesadillas, los fantasmas. El lobo social asechaba mi cuerpo, repudiándome. El despertar no era mejor; tomar las pastillas antidepresivas -para vivir y verme como una persona *normal*- ir al trabajo, caminar como una zombie. Estaba irremediablemente perdida.

3

El lunes amanece con un sol que fulgura entre las nubes. Salgo de casa y me dirijo a la de mi madre, pulso el citófono, contesta la Juana que abre el portón eléctrico, la saludo y me encamino al living donde está mamá dormitando en el sillón como es su costumbre, con la radio encendida y la estufa a sus pies, le doy un beso y dice que no estaba durmiendo, solo aletargada por la tranquilidad y el calor. Se levanta con dificultad para ir al comedor, mientras yo voy a saludar a papá, le doy un beso en la frente, él me mira con sus lentes ópticos chuecos sobre su nariz aguileña al tiempo que me dice con una vocecita que se asemeja a la de un chico mimado: ¿eres tú hijita?... No sabía quién era cuando entraste, sonriente respondo: ¡papá cómo es posible que no conozcas a tu bebé! Intento ocultar la pena. ¡Qué triste es llegar a viejo, estar enfermo, ser una figura tan mínima! Masajeo su cabeza calva y salgo al pasillo entro al comedor, me siento en la cabecera de la mesa, a la siniestra de mamá, quien ya está instalada y empezamos a almorzar, le pregunto si ha sabido algo de Clara, mi hermana, a quien nunca veo y me responde que sí, que ayer hablaron por teléfono y que está bien, mejorando de a poco de ese trastorno en el oído medio que la ha tenido por meses en reposo, con dama de compañía incluida. Mi hermana es un caso raro, desde los doce años pasó de ser una niña sana a una niña enfermiza, como es ocho años mayor que yo, recuerdo mi niñez siempre con médicos en la casa, y mi hermana en su dormitorio a oscuras, con jaquecas horrorosas y mamá preocupada corriendo de un lado a otro, de médico en médico, y muchos exámenes y medicamentos, que no se sabía lo que tenía, que el metabolismo, que los ovarios, que una posible lesión en el cerebro, que había que importar medicamentos; total siempre yo ahí, temerosa del temor de mamá que se muriera Clara de un día para otro. De aquello surgió la fobia que tengo a todo lo que se llame hospital, clínica, exámenes y controles médicos. Le digo a mamá, tengo que salir, no podré acompañarte hoy en la tarde, ¿Estarás bien?, sí, me responde, la Juana se quedará conmigo, no te preocupes hija, y enseguida me pregunta ¿Te has movido por trabajo? Respondo: Mamá ya sabes, acá no hay trabajo para mujeres de mi edad, debo confesar que tengo cuarenta años –dejé un trabajo de asesoría part-time, aburrida de la mentalidad bolichera de los gerentes– y a estas alturas de la vida, cuando en el país hay miles de jóvenes egresados de la universidad que se encuentran cesantes ¿Quién me va a dar trabajo a mí? –los trabajos son para jóvenes de veinte a treinta años, el resto no cuenta viejita linda. Ella dice: cierto hija, pero deberías intentar hablar con alguien y yo, armándome de paciencia, respondo: y lo he hecho mamá, recalco con firmeza, no sigas que me cambia el genio. La verdad es que el tema del desempleo me provoca una irritación terrible, aunque para ser absolutamente franca, lo que más me achaca es hacer la fila para cobrar la famosa retención judicial, entonces mi madre dice: bueno hija, y me mira con su cara dulce y sus ojos apacibles. Terminamos de almorzar, charlamos otro poco, luego me arreglo, un rápido cepillado de pelo y una pincelada de rouge sobre los labios y me despido no sin antes decirles que se porten bien, que se cuiden y mi mamá dice: ¿crees tú que podremos portarnos mal a nuestra edad? Sonríe con rostro pícaro y yo le respondo de igual forma, ¡nunca se sabe! Vuelvo a darle un beso en la frente y uno en cada mejilla y salgo sonriente abrochándome la casaca. Un pensamiento arrasa mi cabeza: María Belén, voy a ver a María Belén.

4

María Belén me mira con alegría al ver que empujo la puerta del pequeño café. Nos saludamos con un beso en la mejilla, hundimos nuestras miradas deseando adentrarnos en el ser profundo de la mujer que tenemos enfrente, indagando, descubriéndonos o intentando descubrir, en ese momento viene a mi mente... "y estoy en el redil de los locos..." el primer verso de un poema que en algún momento terminaré, o tal vez nunca lo haga. Ella es pequeña, delgada, de una fragilidad extrema, fragilidad aparente pues tiene un carácter fuerte, imperceptible si no es observada con detención, sus manos son pequeñas, su rostro es blanco natural, y esos ojos azules encantadores, bellos como una puesta de sol, su sonrisa es atractiva, me estremece contemplarla. Esta mujer enigmática es faro en mi océano, un silencio largo precede a las palabras, hasta que dice: ¿qué me cuenta? ¿Cómo has estado? Y aterrizo de la ensoñación que me provoca, los versos cobran alas rompiendo nubes, respondo: he estado bien, esperando verte con ansiedad y agrego: no he dejado de pensarte, no termino de decir estas palabras y la veo sonrojarse, mi corazón pega un brinco, una extraña sensación mezcla de nervios y placer invade mi vientre, Erika, dice en voz baja, casi inaudible, entrecortada. Pidamos algo, digo, ¿te parece un té o una cola-light? Asiente serena, quiero una coca, busco con los ojos a la garzona y hago un gesto. La chica se acerca con su libreta de apuntes y nos mira interrogante; yo pido un té y la coca-light que María Belén desea, va en busca de nuestro pedido y seguimos charlando mientras encendemos un cigarrillo, acerco el encendedor y rozo su mano a propósito, quiero tocarla pero la gente, me digo, hay que tener cuidado de la gente, un signo de molestia cubre el techo y navega por las mesas, fumamos con deleite, hay tantos temas para conversar pero, en ese instante estar calladas, observándonos, es el gran placer, experimento haber descubierto la lujuria, el goce, ese casi éxtasis que vibra en los silencios, la joven garzona hace su aparición con nuestro frugal pedido, hablamos de nuestras madres y lo complicado que sería para ellas aceptar nuestra forma de ser. Ellas, nacidas y crecidas en otra época, regidas por un marco religioso inflexible, mujeres criadas para coser, bordar y cocinar dentro de un régimen patriarcal, las típicas madres machistas que forman hombres y mujeres machistas, mujeres educadas para obedecer al hombre, ¿qué podemos pedir? se formaron creyendo que eran inferiores al hombre, ¿podemos juzgarlas por su falta de comprensión? Decididamente estamos ambas de acuerdo en que no podemos pedirles más de lo que pueden darnos o nos hayan entregado, eso basta, lo importante es aceptarnos a nosotras mismas. Es lo único que cuenta y es valedero para vivir en paz el presente luego de tantas batallas libradas, en diversos temas coincidimos plenamente, de hecho tenemos algunas experiencias similares y eso hace que nos vayamos uniendo más en el transcurso de la conversación, nuestros bebestibles se han agotado. Antes de llamar y pedir la cuenta, le digo suavemente María Belén: vamos a alguna otra parte más privada, esta vez ríe abiertamente y me pregunta ¿dónde piensas llevarme? sale atropelladamente de su boca, entonces le digo por ahí, por ahí, me observa muda y como el silencio otorga, asumo que está de acuerdo. Pagamos la cuenta y abandonamos el café lleno de chicos y chicas bebiendo sus espléndidas chelas. A esa hora ya han terminado las clases, salimos a la Diagonal y la guío con un breve ademán hacia la esquina para tomar O´Higgins, el café Florencia de la calle Cochrane es nuestro destino. Miro el reloj, son las ocho y minutos de una noche que envuelve el frío, la iluminación es mala y escasos transeúntes se observan en la vereda. Nuestros pasos lentos acompañan una conversación superficial. Sin embargo, en cada esquina nos detenemos para esperar luz verde y nos miramos con emoción. Atravesamos la calle Ongolmo apremiadas por el cambio de amarillo a rojo del semáforo, pasamos por fuera del Colombia, la penumbra de la Diagonal me incita a tomarle los hombros, le doy un beso en la frente, me sonríe de lado y la cascada de su sonrisa me dona una oleada cálida que inunda mi garganta y se extravía en mi estómago; tiene una sonrisa bella, su mirada rompe mis huesos, dice en voz bajita: cuidado Erika, nos pueden ver y esquiva mis brazos para quedar libre. Nada me importa, yo pienso abrir esa colmena sellada para el mundo y beberme, como la más sedienta de las náufragas, la dulzura que percibo detrás de las máscaras.

5

Caminar al lado de María Belén con un oleaje de sensaciones acrecentadas por sus ojos azules, es andar hundida en suaves y exquisitas arenas. De pronto recuerdo a Sandra, la compañera de colegio que me quitaba el sueño. Ambas teníamos doce años y estábamos en la edad de coquetear con los chicos que conocíamos en las fiestas de colegios, que este me gusta que a este otro le gustas tú, en mi interior, solo Sandra colmaba mi cabeza con su risa, su voz. Solía soñar con crecer, invitarla a salir, pasear por la playa y declararle mi amor, en tanto le escribía poemas, cartas, cosas de niña, claro. Me parece que nunca advirtió la hondura de ese amor púber inusual e insólito hasta para mí, que me mantenía apegada a ella o padeciendo al verla compartir con otras compañeras. Raro amor el que llenaba mi corazón, no lograba comprenderlo tampoco, me quemaba las pestañas pensando si era normal o no. Ignoraba la palabra homosexualidad. Yo sentía un amor, un gran amor. Eso era todo. Hay una cierta inconsciencia a esa edad, una nebulosa metida entre las neuronas. El día que supe que mi niña ideal estaba pololeando mentiría si digo que sentí celos, yo era incapaz de sentir celos de un hombre, pero de mujeres que se acercaban o salían con ella, sí. Lloraba en las tardes recluida en mi pieza. En realidad el claustro y el estudio eran excusas para pasar las horas pensando en Sandra, soñando con el día que estaríamos juntas para siempre, ilusa niña, ella hizo nuevas amigas y yo pasé a la historia y no me eché a morir, fue exactamente al revés, me convertí en la loquilla del curso, cada malón, kermesse ó bingo yo tenía un nuevo chico. Era algo así como una Sylvia Plath, escribiendo en mi diario, anotando todo, la que se preocupaba de salir con el mayor número de chicos posible -hasta el punto de anotar cuántas veces me habían pedido cita, los correspondientes rechazos y el total de citas. Aún con todo este vértigo la vida no tenía sentido para mí, hasta la idea de dios me era lejana, me debatía en una espiral de humo ennegrecido. La balanza oscilaba entre la sensatez y la insensatez, la cordura y la imprudencia. Con un biorritmo pendular, sin duda yo era inconsciente sin desear serlo. En ese tiempo las fiestas empezaban a las siete u ocho de la tarde y duraban, como máximo, hasta las doce de la noche. Salía todos los sábados y como papá se dio cuenta de mis infaltables actividades sociales sabatinas y mis llegadas tarde me prohibió regresar después de las once de la noche. Ante esto, y como vivíamos en el primer piso de un céntrico edificio, tuve que tomar una decisión imprevisible, dejar la ventana de mi dormitorio entreabierta, solo lo suficiente para que nadie se diera cuenta, y así fue como aparecía en mi casa tipo una de la madrugada o un poquito mas tarde. Hacía mi ingreso sigiloso por la ventana hospitalaria. Ni siquiera iba al baño para no despertar a la familia, llegaba a temblar de miedo. Me desvestía rápidamente, a tientas me zambullía en mi cama amparadora, el terror que mi viejo, alias el ogro, me producía era indescriptible, si me descubría, eran seguros unos buenos correazos en las piernas, pero ni con eso interrumpí mis salidas nocturnas y tampoco mis efímeros y tontos romances. Apenas rondaba los doce años y ya bebía piscola acompañada de los famosos cigarrillos Hilton. Vale decir que mi estatura, figura y rostro perfectamente maquillado, fácilmente me permitía asistir al cine para mayores de veintiún años. Precoz para mi edad, rupturista, casi salvaje cuando me enojaba con mi papá y le rebatía todo argumento, desafiante pese al terror que me infundía. Hoy que lo veo con su pelo blanco, su calvicie resplandeciente y su cuerpo delgado, me entristece recordar cuánto lo detesté por ser como era: mal genio, especialmente frío conmigo, haciendo cotidianas y odiosas comparaciones con la hermana mayor. Ya adulta veo las cosas desde una óptica diferente y casi llego a entenderlo al rememorar las palizas, aquellos correazos que dejaban mis pantorrillas con manchas rojizas, en ese entonces murmuraba enrabiada ¡Cuándo te vas a morir! Al instante me sentía la mayor sabandija del planeta.

6

Entramos al cyber-café Florencia, nos acomodamos en una de las mesas, disimulábamos, a esa hora no deseábamos consumir nada de nada, nuestra intención era tomar contacto con el chico gay que atiende el local y arrendar una habitación para pasar juntas la noche, Paolo se acerca y yo consulto ¿Tienen habitación disponible?, el chico me mira sonriente y María Belén se sonroja, yo consulto el valor y abro la cartera para pagar. Entrego el dinero, el chico nos dice acompáñenme y nos conduce a un rincón de la casa donde se ubica una escalera de madera, subimos y alcanzamos el pasillo, Paolo se detiene ante una puerta, abre la cerradura y nos entrega la llave, pueden estar tranquilas hasta las diez de la mañana, nos dice, con mirada cómplice, y se despide con un guiño, ambas entramos a la habitación finamente arreglada, abro la puerta del baño y digo ¿Está bien, cierto? María Belén asiente y dice está precioso. Nos despojamos de nuestras casacas y quedamos frente a frente, tomo sus manos y las beso, busco sus labios y un beso más largo y húmedo nos une mientras estrechamos nuestros cuerpos, de improviso nos separamos para quitarnos la ropa y luego acariciamos nuestros senos con suavidad y ternura, las bocas se apegan desesperadas, nuestras lenguas juegan al compás de nuestra galopante ansia de hacer el amor, nos tenemos la una a la otra, y más allá de este instante, donde los rayos efervescentes de la pasión y el fuego de la excitación se confunden, se abre el paraíso para nosotras, nada importa, las caretas quedaron botadas en el pasillo, y fundidas en un abrazo nos frotamos en la búsqueda del placer, mientras nuestras lenguas naufragan en la boca del éxtasis. Caemos rendidas en la cama que ni siquiera alcanzamos a tocar, encendemos un cigarrillo y permanecemos en silencio. Aún hay destellos de pudor y el ambiente cálido e íntimo me provoca cierta turbación, disimulo, voy al baño, ella me sigue sin palabras, retornamos a la cama, bebemos Coca-Cola, nos besamos y seguimos explorando nuestros cuerpos como si hubiéramos estado condenadas a la inanición, mi corazón está en completa ebullición, a mis manos le es imposible permanecer quietas, siento que la amo hasta la enajenación, es un embrujo el que me lleva a mordisquear su espalda, besar su cuello, ceñir sus piernas contra mí como si quisiera fundirlas en mi carne, dentro de mis arterias para seguir experimentando este nuevo horizonte que he descubierto en la hermosura de su presencia. Decididamente he enloquecido.

"Y estoy en el redil de los locos crucé la puerta al conocerte..." El poema queda concluido ese día invernal.

7

Decir amor y decir torturas mentales es lo mismo. Me encontraba acosada por ellas. Una y otra vez. No sé si ella siente lo mismo por mí. No estoy segura, tiene un alma desconfiada, María Belén es introvertida, le cuesta demostrar y decir lo que siente ¡Somos tan distintas! Quizás yo peco de confiada, de inocente. Toda vez que he amado demuestro con gestos y palabras lo que siento, ellas, mis niñas, se transforman en mi todo, luego de veintitantos años, primero soy mujer, luego hija y me apesadumbra decir esto último: soy madre, amo a mis hijos pero ellos ya no llenan el vacío que caracteriza mi mundo; son adultos. Mis hijos me han dado enormes problemas, uno con su polola, el otro con su carácter. La cosa es que primero soy mujer, y tarde, casi a la misma edad en que empecé a asumir que soy una mujer que le atraen seres de su mismo sexo, empecé a pensar en mí como persona, después de ser mamá y trabajadora. Los seres humanos no se enamoran de todas las personas, sino de aquella que provoca algo especial. Indudablemente soy una mujer que ama a las mujeres y este secreto lo llevo desde hace años; primero con culpa, luego miedo y dolor. Hoy el miedo se ha marchado junto con la culpa, el sufrimiento es invisible desde el exterior, pero subsiste alimentado por los comentarios malévolos que escucho en las reuniones sociales respecto a los homosexuales: ¿No han sido acaso los pedófilos y los homosexuales promiscuos, incapaces de mantener relaciones estables, los que han denigrado nuestra naturaleza sexual? Ni qué decir de las conversaciones de algunos homo-fóbicos, que no ayudan para nada. ¡Existe una ignorancia terrible! Los psicólogos, los psiquiatras, pueden lavar el cerebro pero no matar el instinto. Y la gente no tiene idea que hace años la homosexualidad dejó de ser considerada una enfermedad o un trastorno emocional por la psiquiatría, tampoco saben que era una práctica normal en Roma y Grecia. Con toda la carga de conocimientos errados, años de confusión incrementada por incursiones religiosas, tardé en comprender que mi sexualidad es un don de Dios, de quien llegué en un momento a sentir temor. El complejo de culpa me acompañó durante años. El conflicto con Él, lo resolví el día que entendí que me ama tal como soy. Di un largo rodeo para llegar ha aprehender su amor incondicional. Las religiones con sus dogmas matan a los seres humanos que caen en su trampa. En fin, si hacemos caso a todo lo que dicen los predicadores –algunos muy ignorantes- el planeta entero estaría condenado al infierno. El asunto es no dejarse atrapar por sus tentáculos. En cuanto a mí, creo que el único temor que poseo es al rechazo de mis hijos. Si todos y todas tuviéramos la seguridad de la coronela *Margarethe Cammermeyer*, personaje interpretado por *Glen Close* en la cinta *Un paso al frente*, mujer lesbiana, con veinticinco años de servicio en el ejército, coronel de la guardia Nacional y medalla de bronce en la guerra de Vietnam y quien declara su sexualidad en un cuestionario para ascender a un alto cargo que, obvio, le es denegado, e incluso se propone su destitución del servicio. *Cammermeyer* fue capaz de librar una dura batalla contra el estado defendiendo sus derechos constitucionales ante los tribunales, primero militar y después civil. Esta película está basada en una historia real. El juicio, a principios de los años noventa, tuvo gran revuelo en Estados Unidos, por primera vez se dictó sentencia contra el Estado, quien se vi obligado a readmitir a dicha coronela. ¡Esa seguridad y valor lo querríamos tantos y tantas! En todo caso, si diez años atrás me hubiera dicho alguna amiga que sería infiel o que tendría una experiencia fuera de lo normal - como expresa y observa la sociedad- la habría tildado de loca, y seguro, habría agregado ¡Cómo se te ocurre pensar eso de mí! Con voz ofendida quizás la habría mandado a la mierda. Sabido es que con la infidelidad se intenta obtener la satisfacción de carencias que no fueron satisfechas en el matrimonio. Esas son mayores cuando casadas deseamos a un ser de nuestra misma naturaleza, los conflictos son mucho mayores que en las relaciones *hetero*, pienso. Yo era una mujer formal, casada, con tres hijos muy en el cuento de la señora muy dama, casada para toda la vida, sublimando la sexualidad en el estudio, metida entre libros científicos y realizando un trabajo demoledor por muchos años. ¡Qué de cosas no se hacen para evitar vivir nuestra naturaleza! y ¡Qué de cosas te impiden buscar la felicidad! Si hasta creí que podría hacer desaparecer así, como por arte de magia, esto *tan raro* que me sucedía. Alguna vez hasta creí que se podría alcanzar la perfección, tal como la enseñaban en el círculo religioso donde participé en busca de algo de paz y felicidad, claro, siempre y cuando me sometiera a las creencias de una iglesia machista en la cual una mujer debía permanecer siempre en segundo plano, como pidiendo perdón por existir. ¡Diablos!... Después de todo... ¿Quién puede arrogarse la verdad absoluta? ¿Quién? De mi paso por esos lugares el único que salió ganando por aquellos años fue el ex príncipe consorte. Cómo se aprovechó de esta ingenua que le decía amén a cuanta estupidez se le ocurría. Hasta llegar al fin a tener un cara a cara con mi propio yo ¡Ya lo decía! Este descubrimiento ocurre en cualquier instante de la vida. Es insoslayable, pese a todo lo que crean y arguyen los sectores más conservadores de la sociedad. No es un juego ni una broma. Es una realidad demoledora que aplasta todos los paradigmas y destruye los propios, ingenuos y personales, castillos de arena.

Nos quedamos profundamente dormidas, fue María Belén quien me despertó a las ocho de la mañana rozando con suavidad uno de mis hombros ¡Erika, Erika despierta! Yo abrí un ojo y luego el otro con dificultad, era evidente la somnolencia y le dije ¿Hola, qué hora es? Son las ocho, responde en voz bajita y se encamina al baño, voy a lavarme los dientes, tenemos que irnos, me dice, mientras yo observo el vacío suyo en la cama. Yo replico amodorrada: Pero es temprano aún, tenemos que dejar la pieza a las diez, tengo que hacer, recuerda, yo trabajo, dice y exclamo ¡De veras, me olvidaba, eres una de las afortunadas! Voltea y pregunta, ¿Por qué dices eso? Bueno, tienes trabajo y además me tienes a mí, y suelto una carcajada cuando responde: ¡Vaya! Qué humilde eres, y yo ¿No lo sabías? Soy la humildad en persona. Mueve la cabeza al tiempo que sonríe y exclama ¡No tienes remedio! Digo: Sí, claro que lo tengo, tú eres mi mejor fármaco, al tiempo que me levanto y de un salto estoy junto a ella, la abrazo y la beso. Entramos juntas al baño. Una vez vestidas, con miradas nostálgicas nos despedimos de la cama que nos tuvo juntas una noche espléndida, horas en las cuales María Belén se internó más allá de mi piel. Cerramos la puerta con llave y bajamos. En el mesón otro chico, el de anoche -el que se llama Paolo al parecer terminó su turno- nos saluda cuando extendemos hacia él el llavero y amablemente nos despide. Ya en la calle un leve viento matutino roza nuestras mejillas, sentimientos encontrados me embargan, la alegría de haber estado una noche junto a ella, la tristeza de fingir, de contener mis deseos, de tomarle la mano y caminar juntas, la honda pena de disfrazar mis sentimientos.

De pronto siento que somos dos marionetas víctimas de una vil jugarreta del destino. Algunos vehículos transitan por la calzada, la vereda se extiende a nuestros ojos casi desierta, miro el reloj, las ocho cincuenta, María Belén se dirige a su trabajo, una entidad de salud ubicada en el centro de la ciudad y yo, resignada, tomo el camino a casa luego de despedirnos y quedar de llamarnos en la noche, me da un beso en la mejilla y quedo apenada por tener que separarnos. Encamino mis pasos al paradero más cercano. La mañana me recoge con una cruel soledad que va al ritmo de mis pasos.

8

Subo al bus, le paso rápido los trescientos pesos del pasaje al chofer y me siento, absorta en mis pensamientos. Me casé a los dieciocho años huyendo de mis *raros* espejismos. Después de casi cinco años de pololeo me casé con un hombre que me amaba y me trataba con gentileza. Recibí de él ese cariño que nunca tuve de mi padre, era un hombre bueno con el cual tuve un lindo noviazgo. Nunca antes me había sentido tan querida, necesaria, mimada, con innumerables y fantásticas invitaciones. Me entregó todo lo que no tuve de mi familia, el aprecio, la consideración, me hizo sentir importante. Valoraba y creía en mis capacidades, y yo me dejé querer y respondí a ese amor que parecía una utopía donde era la reina. Al evocar esos años pienso que lo amé no como a un hombre, sino como al padre y amigo que me faltó en la adolescencia. Mi corazón agradecido, se comprometió con simplicidad. Nadie me obligó a casarme. Yo lo quise. Eran tiempos de toque de queda, de universidad, de estudios y de escasos momentos para compartir juntos. Tiempo de soledad y angustia, desasosiego por todos los acontecimientos de esa época, muchas atrocidades. La muerte del inmenso artista Víctor Jara me impactó profundo, los funerales silenciados que Joan Jara, años después, recuerda en su libro *"Víctor Jara, un canto truncado"*: *"El carrito chirriaba y rechinaba sobre el pavimento irregular. Caminamos y caminamos… mi nuevo amigo Héctor a un lado, mi viejo amigo Héctor al otro. Sólo cuando el ataúd de Víctor desapareció en el nicho que nos habían asignado estuve a punto de desplomarme. Pero estaba vacía de sentimientos o sensaciones y solo me mantenía viva la idea de que Manuela y Amanda esperaban en casa, preguntándose qué ocurría, dónde estaba yo"*, todo se sumaba a la angustia en esa época, tiempo de muerte, miedo y desolación, compañeros de carrera detenidos en las aulas, vigilancia, bandos militares, carabineros detrás de los estudiantes *extremistas*, las bombas lacrimógenas, los carros lanza aguas. Si hasta en una ocasión, cuando entraron soldados armados a la sala, buscando a los *extremistas*, como decían, una compañera llegó a evacuar de terror.

En el país había una atmósfera cargada, pesada, insoportable y se vivía con una guillotina balanceándose sobre la cabeza, culpable o inocente, cualquier cosa podía pasar. Todo era incierto. Se extendía una zozobra tal que al salir al centro o a la universidad lo único que se deseaba era volver a enclaustrarse en la casa, y una vez allí -luego de realizar los infaltables ritos hogareños- permanecer inmóvil, sumida en un sillón sin hacer, sin pensar nada. Absolutamente nada. Las lancetas de lo cotidiano amenazaban todo. Cuerpo y psiquis. Muchas veces me sentí como *La mujer rota* de Simone de Beauvoir, sin esperanza, anhelos ni salida. El túnel se vislumbraba demasiado extenso y la luz no se dejaba ver. El silencio, el misterio, el temor. Callábamos, desconfiábamos.

Y la magia o la pasión del matrimonio empezó a extinguirse lentamente, la vida privada iba de mal en peor. Mi marido comenzó a llegar tarde, casi al filo del toque de toque, o después, de madrugada. Volví a experimentar el peso de la soledad, agregada a la angustia del entorno y la carga social y económica. En lo personal, tenía mis estudios, pero el matrimonio alejó a mis compañeros más cercanos, el compartir y las invitaciones disminuían. El ahora ex príncipe consorte, empezó a mostrar su mal talante. Cuando quedé embarazada y le di a conocer, la para mí, feliz noticia, en vez de saltar de alegría se quedó silencioso y con cara de homicida por mi descuido, dijo: olvidaste tomar el anticonceptivo. Y concluyó: ¡Cómo pudiste ser tan irresponsable! Otra decepción se agregaba a la que empezaba a ser una larga lista. Este contrato matrimonial no vislumbraba verdes horizontes. La problemática económica y el cambio de moneda hicieron mayores y extenuantes estragos en la economía familiar, lo que nos distanciaba y amargaba. Nada de lo acontecido en esos días desplegó buenos augurios. La muerte rodaba sobre el suelo patrio dejando una larga estela de sombría angustia. Meses y años difíciles, frustración, desasosiego y neurosis se enarbolaron en mi segundo embarazo, el primero terminó con un aborto espontáneo. Todo ese pre- noviazgo y noviazgo habían sido demasiado bueno para ser duraderos. No por nada, cuando pololeaba, me venía una desazón por sentirme tan feliz, de hecho, muchas noches me desvelaba. Tenía como un presentimiento ante tanta maravilla, algo me decía que el futuro no iba a ser un cuento de hadas. Es una pena no haber tenido por entonces el discernimiento para definir esa angustia que a menudo me asaltó y echar pie atrás. Y digo ahora si vale de algo lamentar aquello que ya no tiene remedio, que se quedó como un asunto más en la larga estela de acontecimientos de nuestra vida. No solamente no me hubiera casado sino que también hubiera deseado no ser parte de esta generación que vio frustrados todos sus sueños. No tuve –no tuvimos- elección. Y sin quererlo bebí en lágrimas el clima de *guerra* y opresión. El estupor y el desconcierto, lo que experimentaba en las calles, las conversaciones que escuchaba y todo tipo de elucubraciones, las noticias –que no se conocían a través de los medios oficiales- de cuerpos desaparecidos, muertos, torturados. Alguna vez me arrodillé por esos miles de flagelados y los amigos y amigas perdidos para siempre. En esos momentos olvidaba mi propia tristeza, mi íntima desolación, ese duelo interior por la insípida relación de pareja que mantenía. Lo otro, lo que estalló tiempo más tarde ni siquiera lo entreveía. Era una niña-mujer formada en una familia tradicional para someterse al varón. El arquetipo de la época, el mismo arquetipo que denunciaba *María Luisa Bombal* en sus magníficas obras. Las protagonistas que presenta *Bombal*, procuran realizarse en el amor y el matrimonio pero, tras el velo de la legalidad, todo se vuelve indiferencia, hastío,

41

odio. Y es que la mujer se entrega a la vida del hogar y se sumerge en un círculo que culmina en la soledad, la incomunicación y el vacío.

Dejo caer la mirada a través de la ventanilla del bus, me acerco a mi destino, dejo los pensamientos y levantándome deprisa, pido al chofer se detenga en el paradero frente a mi departamento.

9

Todo está igual como lo dejara ayer, claro, si anoche no llegué ¿qué esperaba? Doña Soledad no hizo aseo, me digo sonriendo para mis adentros. Preparo un café con leche, me pongo las pantuflas y un buzo, luego de una refrescante ducha y me acomodo en el sillón regalón, un *bergere* antiquísimo que heredé de mi fracasado matrimonio. Las reminiscencias ante mis propias interrogantes de cuál fue la etapa mas dolorosa de mi vida llenan mi mente. No sentirme amada por mi familia, haber sido una niña criticada por mi padre y hermana, quien solía ser la mesa de centro. Nunca tuve cariño paterno ni de hermana. En cambio mi infancia es la etapa que recuerdo como la mejor por las atenciones, dedicación y el amor de mamá, sus aromáticos queques y esos pastelitos que me traía de la pastelería *Sauré*. Recuerdo cuando prefería quedarme jugando con mis amiguitos antes que ir al centro de la ciudad, cómo me devoraba esos cucuruchos de hoja, rellenos de crema rusa deliciosa o esos senadores de chocolate de exquisito manjar. La presencia materna fue lo mejor de mi infancia, el regazo de mi madre con quien a veces dormía era la plenitud. Puedo decir con entera honestidad que tuve el nido más cálido en sus brazos. Y a propósito de ella descuelgo el auricular y marco su número telefónico, demora en atender, dice: Aló, y respondo: ¡hola mamá! ¿Qué tal, que me cuenta? Y ella; estoy bien, algo amodorrada, porque estoy sola será, mamá siempre se queja de estar sola, nunca está conforme con que la visite dos o tres veces a la semana, y ¿papá?, pregunto. Ahí está en cama, como siempre, tu papá está mejor que yo, estoy aburrida. Le respondo paciente: mañana iré a verte después de las cinco ¿ya? antes no puedo, debo hacer algunas cosas, la verdad mamá es que a mí me

43

falta tiempo, estoy escribiendo y leyendo mucho ¿entiendes? Callo los problemas que me fustigan, este dolor que jamás comprendería. Ella responde: si sé hija, pero ven un rato. Está bien mamá, un beso, y corto dando un suspiro ¿Qué hacer? Es tan regalona ella, para ser sincera me complica ir a su casa. Me encanta estar acá, sola, metida en mis libros o desarrollando alguna idea que se me viene a la cabeza, ir de vez en cuando, pero estar todos los días en casa de los papás significa romper una rutina que me atrae. Vuelvo a arrellanarme estirando las piernas con las manos al pecho. Cierro los ojos, las evocaciones surgen, uno tras otro los buenos momentos se instalan en mi cabeza, como los que pasamos con mi prima Fernanda, la chica rubia de risa fácil, su sentido del humor y sus tallas. Me enseñó a pintarme los ojos, según ella yo me pintaba como *huasa*, la verdad nunca tuve ni tengo gracia para arreglarme, soy *negada* para acomodarme el pelo por ejemplo y bastante desaliñada para vestir, mi mamá odiaba los blue jeans, decía: esos los usan los trabajadores en el campo, haciendo un gesto propio de hija de latifundista. En fin, las zapatillas eran inseparables, atuendo que yo prefería, la comodidad ante todo ha sido mi slogan, contrario a mi hermana, ella es elegante y distinguida, siempre lista para la foto, una verdadera y hermosa dama. Vuelvo a Fernanda, ella me enseñó a valorarme, detestaba la actitud machista de Javier, mi ex marido y se lo decía en la cara... "Modernízate, cómprale una lavadora, un microondas, qué te cuesta, cómprate un video, no seas anticuado". Fue ella quien logró que saliéramos a comer a lugares diversos, cosa que Javier consideraba un despilfarro. Lo amargo de estos recuerdos es que Fernanda ya no está para levantarme el ánimo, ni para alegrar mis días con su privilegiado sentido del humor; ella se fue de manera sorpresiva, tras sufrir un infarto. Era tan llena de vida, de proyectos, de amigos, adoraba a las guaguas, se volvía loca de contenta al ver una, no le importaba si era varón o mujer, ella lo disfrutaba plenamente, y un día cualquiera, la noticia, el dolor, la tristeza, la impotencia, su partida me afectó, recordé que nunca le dije te quiero. Espero que ella lo haya advertido en los muchos cafés compartidos y el pan que le horneaba y servía y que tanto disfrutaba, que le esfumaba la *depre* o que le quitaba la *garrotera*, como decía, las galletas horneadas en casa, que ella paladeaba como niña con su regalo más deseado. Fernanda, ojalá alguna vez escuches mi "te quiero" pienso, sin comprender aún su alejamiento, *la chica*, era católica, de esas católicas atípicas, nada de estructurada. Una vez me dijo: "la mejor enseñanza de Cristo no fue que tendremos vida eterna, sino que ya la tenemos". Ella facilitó que yo tomara decisiones de vida que nunca antes imaginé. Me enseñó nuestra espeluznante fragilidad humana, abrió mis ojos y me impulsó a buscar la felicidad, a hacer cosas inauditas. Y fue a un alto precio que asimilé: no debemos dejar que nuestro transitorio paso por la tierra sea inútil. En cierta forma retenerla en mi mente enriquece mi vida, a menudo pienso que me gustaría estar junto a ella como en los viejos tiempos y charlar. Me parece verte con el *Viceroy* colgando entre los dedos y la taza de café infaltable sostenida por tu delicada mano, adicciones que compartíamos aderezándolas con anécdotas e historias familiares. En la punta de su lengua latía la talla. Era capaz de reírse de ella misma y sus falencias como dueña de casa. Me hace falta tu risa, tu compañía, hermana. Tu muerte me enseñó a comprender la importancia de decir llanamente te quiero.

10
Pasión turca

La imagen de María Belén invade esta tarde mis cavilaciones. María Belén, te has instalado en mí. A veces tienes ecos de pasión turca, en la que *Antonio Gala* parece mostrar a esta mujer o a aquella, la que da todo por amor sin esperar mucho a cambio, capaz de venderse con tal de estar con su chulo, una guarra cualquiera a decir de los españoles. No quiero tener esa pequeña arma mortífera, ahí radica la diferencia. Entonces declaro no ser *Ana Belén* apuntándote al estómago, desgarrada de celos, ira y dolor. Soy la metralleta que dispara palabras de amor para engancharte convertida en un ejército de poemas, sumergida en los *te amo* y los *te quiero*. Esta balacera no termina con tus salidas a bailar con otras, mientras yo soy la bestia enjaulada que se desangra desesperada, y acosada por esa desesperación salto la norma y me azota el deseo de tenerte en mis brazos. Instalada estás en cada segundo: cuando voy a la ducha y me visto, cuando estoy en la cocina, derramas siempre la esperanza como una marea que me sumerge en el territorio de la locura, ese lugar donde las palabras ya no sirven para decir cuánto te amo.

11

Se aproxima agosto con sus días imprevisibles y las hojas tapizan las calles y veredas con su olor nostálgico. Durante días no hemos dejado de vernos y me siento enamorada al punto que mi musa -es un decir, jamás he creído en *musas* ni *musos*, solo en la quietud y el trabajo constante- pero siento que algo danza en las páginas de lo que se vislumbra como un nuevo libro. Es un estilo diferente, más crudo, mi escritura no oculta lo que es claramente evidente: los poemas están impregnados de presencia femenina. Paso los días y noches escribiendo, parece que si no vuelco en el papel las palabras que surgen, me asfixio. No tengo paz, la intensidad de mis sentimientos reclama su derecho a quedar impresos, me siento vital, mi vida se ha trastocado. María Belén ha cambiado la rutina para mostrarme el sortilegio, aquel extraviado en las cumbres del hastío que abrumaba mi cotidianeidad. La poeta que me habita ha surgido gracias a la pasión, increíble, pero no puedo evitar recordar que el primer incentivo que tuve para ingresar al mundo literario fue el desamor de una mujer, es decir, esa primera experiencia que surgió en forma fortuita. Era una mujer joven, muy joven y bella con un cuerpo hecho para el sexo. Su posterior abandono me lanzó a la literatura, cogí la mejor terapia, difícil pero no imposible: escribir. Leer, escribir, observar, leer, ampliar la visión de los acontecimientos, ver más allá de los hechos. El desamor fue un verdadero trastorno, mi primera vez y enloquecí ante su cariño, recibí de su parte mucho y como nada es gratuito, también recogí una buena dosis de amargura. Un día cualquiera me percaté que mantenía relaciones con un muchacho. Me había topado con una chica que no tenía definida su sexualidad. El mundo se me cayó, parecía que un huracán hubiese arrasado con todo. En esa oportunidad fui al psiquiatra. Lo más cómico o tragicómico fue que al contarle la historia, el estirado doctor me preguntó al terminar ¿Es cierto eso?, respondí: sí, todo es verdad. Hasta el día de hoy dudo si me creyó, o pensó que estaba chiflada, o qué. Claro, es comprensible, una mujer casada tantos años y con hijos, que le sale con ese cuento, debió haber pensado que podría ser una invención. Pudo haber creído que soy mitómana y eso me desagrada porque odio la mentira, lo que es paradójico, pues la vida me ha puesto en un papel en el que he tenido que mentir reiteradamente. Mi condición de "encerrada en el closet" me lleva a colocarme una careta, no sé hasta cuándo. Este peso no es fácil, lo puedo afirmar junto a miles de mujeres que permanecen en la invisibilidad impuesta por los cánones sociales. Como bien se dice, la palabra tiene un efecto terapéutico y yo soy testimonio de eso. En los inicios de mi vida literaria, solía decir: la poesía es el salvavidas del espíritu, y no he desechado esa idea; el poder de las palabras es de una magnitud inimaginable, escribir y leer es el refugio frente al hostil mundo en que nos desenvolvemos. ¿No es acaso el consumo y la conversación superflua los que están en el pico de la pirámide? Si agregamos las decepciones amorosas, familiares, etc. El antídoto a todo ello es la escritura y la lectura.

12

Es madrugada. No sé cómo pasó la noche, no me percaté de las horas. Me levanto del sillón que me mantuvo frente al computador y estiro los brazos, me masajeo la cintura cansada, sin sueño, para variar otra trasnochada. He escrito sin parar hasta sentir dolor en los ojos, pero sueño no. Será el stress de tanto esconderme, solo que ya no está la culpa ni el temor que prodiga a destajo la doble vida. Enciendo un cigarrillo y me hundo en el sillón nuevamente, un sorbo de té, y otro, otro más, hasta el hartazgo…

Te pienso... examinándome.

Abomino la insolencia de esos rostros, el patético sendero, mientras la lluvia cae rítmicamente sobre el techo y la estufa gime sus últimos suspiros, me revuelvo el pelo, otro cigarro, el último antes de ir a la cama. Este antifaz que llevo con gusto lo entregaría a mi enemigo, si tuviera rostro le enseñaría el mío para callarle la boca, a lo mejor no conviene ese reto, puede ver el miedo que azota, el miedo a volver a ser como antes, la dócil, la muda, la tonta, aquella que siempre decía sí para no contrariar a nadie, para seguir siendo la niña buena, solo que ya no soy niña y no quiero ser la buena o la tonta que soporta todo la humillación y la prepotencia. No, ya no deseo complacer a nadie, llegó la hora de volar. Me levanto y vuelvo al PC, lo abro, el mundo duerme en la ciudad y mi cabeza se agita, se agitan mis manos y suena el teclado una vez más, ahora es el caballo de la fantasía quien me lleva y soy otra en su grupa, en medio de la noche fría de los tés y los cigarrillos: el ansia consumida en el cenicero me habla sin voz; atiborrado de cenizas, mientras un grillo canta al compás del reloj y yo me deslizo sobre la hoja entre penumbras. Me bebo tu copa mujer, para abrazarte y quedarme en ti como una ebria desnuda junto a tus labios. Estás en mi piel, en mi reino sin súbditos donde soy esclava y soberana del rito de soñarte con mil rostros en un afluente que no puedo contener a pesar de mí.

13

Reaparece Consuelo, desde hace tiempo no sabía de ella, justo en el momento en que preparo el trago sabatino. Ante mi nublada soledad se presenta lúcida, entretenida; sin tapujos detalla los últimos acontecimientos de su vida, claro, si hace años que no nos vemos. Caso extraño, no tiene empacho en contar la derrota en el campo del amor y sus secuelas, algo que no todos tienen el valor de relatar, y yo escucho serena, luego de soltar una queja por el desánimo peculiar que me asalta este fin de semana, la noche larga de sábado se presenta demasiado solitaria. Le digo que encuentro alivio al sentir su interés en retomar la amistad, la verdad que nunca peleamos, serán los vaivenes cotidianos los que alejan en algunas ocasiones las amistades, y aprovechamos de intercambiar comentarios sobre los últimos libros que hemos leído en estos meses, su sabiduría de lectora me apasiona. Hemos quedado de juntarnos a charlar un café y luego de fijar el día nos despedimos alegremente. Me dirijo a la mesa de vidrio del minúsculo espacio al que llamo comedor y tomo un cigarrillo mientras bebo el trago y me siento en el sofá reconstruyendo nuestra conversación. Me quito las botas y descalza voy al baño, está frío el piso de cerámico, es parte del paisaje invernal, me digo, vuelvo al computador, envío un mail y un saludo a Pablo, amigo radicado hace un tiempo en Madrid, aprovecho de enviar a la papelera los mails pornográficos llegados a mi cuenta no sé por qué razón. Cosas del *marketing* será. Echo de menos algunas respuestas de amigos, busco algo importante y al no encontrarlo, desecho las nimiedades que abundan y la cuenta queda limpia. Me levanto sosteniendo en mi mano derecha el cenicero, bebo el resto del trago, apago la luz y una brizna de estimulo embarga mi mente, algo bueno vislumbro en el camino, digo para mis adentros, conversar con una amiga hace tan bien sobre todo cuando se tienen intereses en común. Apagada la luz del living me encamino hacia las escaleras con paso cansino, sostengo en mi mano izquierda los zapatos de tortura, subo las escaleras con cuidado y entro al dormitorio helado y estremecedor en la soledad, antigua camarada de la cual no he logrado zafarme. Me cobijo en la cama, luego de desvestirme rápido apago la lámpara de velador y una sonrisa aparece en mis labios al evocar a la flaca de la Consuelo. La flaca, pienso, emerge caprichosa para charlar o compartir un copete, como sea eres bienvenida. Y digo en voz alta: María Belén, María Belén, no me llamas, y de improviso aparece Consuelo haciéndole honor a su nombre ¡Qué ironía!

Si, tú ¡Tú eres irremplazable!

14

Rafael hace su aparición en el departamento, me sorprende verlo, me dice que lamenta venir sin avisar, y yo le digo que pase, sin darle importancia, qué te ocurrió, pregunto, toma asiento y cuéntame. Se sienta desabrochándose la chaqueta y comienza: ni te imaginas lo que me pasa amiga, yo intrigada y atenta lo observo sin disimular mi interés, acoge mi invitación y comienza a relatar su cuento o pesadilla. Lo escucho sin perder palabra, cuando ya parece haberse desahogado al transmitirme lo mal que se siente y la vergüenza que le da contarme. Rafael permanece medio sentado en el sofá, sus dos manos le tapan el rostro en la actitud del hombre que no sabe qué hacer, y yo lo observo muda y tranquila, al cabo de un momento le digo que no se inquiete, que ya saldrá de este problema en el que se ha metido. Me mira con sus ojos grandes y verdes, que ahora se han convertido en dos interrogantes. Retrocedo en el tiempo y veo el hall de la facultad de ingeniería donde hicimos juntos un post-grado, fue esa la instancia que nos permitió conocernos, compartir apuntes, estudios y conversaciones, las charlas interminables sobre la vida, la nueva tecnología, la amistad. Ambos en aquella época introvertidos, serios, de pocos amigos en el curso. Rafael con pareja y a punto de casarse y yo casada y con dos hijos. Eso fue hace ya casi veinte años. Hoy ha venido a casa a confesarme el terrible conflicto que está atravesando, él, que no se merece estar sufriendo porque es un amigo siempre dispuesto a ayudar a quien se encuentre en problemas, excelente hijo, pienso, empero aquí estoy, vasija de un secreto que jamás creí posible, menos viniendo del único amigo de quien creí conocer todo. Las palabras de Octavio, el protagonista del libro "La regla de tres" se vienen a la mente: "en el sexo todo el mundo puede ser cualquier cosa. Los dos sexos convencionales solo tienen una justificación funcional. Es la sociedad, por tradición milenaria y por propia conveniencia, la que nos reduce a elegir (si es que puede llamarse así) entre ser heterosexual o no. Drásticamente...pero todo el mundo es omnisexual como es omnívoro." Rafael se siente enamorado del hermano de su ex pareja, y se encuentra consternado ante un descubrimiento inesperado, y lo peor es que su ex esposa los sorprendió en casa de su hermano. Rafael se confiesa con cierta vergüenza, lo veo en su incomodidad, y en su voz que es apenas audible. Le digo: tarde o temprano sucede querido amigo, el dicho "nunca escupas al cielo" se hace inevitable, agrego firme: el amor no debiera jamás ser motivo de vergüenza. Alza su rostro hacia mí y ante mis palabras que le recuerdan: estás separado, eres soltero y amas, me mira, no sin asombro, ante la naturalidad con que tomo lo que me ha confidenciado, pareciera preguntar ¿qué hago ahora? ¿y mis hijos? percibo en su mirada esas interrogantes, y sin dejarlo emitir palabra le recuerdo que sus hijos son grandes y con el tiempo entenderán, experimentará nuestra sociedad un cambio ¿no te parece?, algún cambio habrá de ocurrir en este siglo veintiuno, que no solo ha de sorprendernos con el vertiginoso avance de la tecnología, sino con la ruptura de normas y tradiciones donde amar a alguien del mismo sexo era considerado un acto de sodomía, algo marginal y vergonzoso -enciendo un cigarro y le sirvo un agua mineral– se supone que estamos en evolución y utilizamos nuestras capacidades para decidir aquello que queremos, es la tarea, para ello estamos en este planeta, para realizar la tarea de crearnos a nosotros mismos o de conocernos a nosotros mismos o de llegar a ser conscientemente de lo que uno quiere ser...aprovechándome de su expresión tan sorprendida continúo: considera que los chicos han crecido con otra mentalidad. Se levanta y dice que es difícil que alguien piense como yo, y que será un escándalo en la familia. Respondo si acaso considera que la parentela es más fuerte que lo que él mismo ha llamado amor, porque el amor, le digo, requiere de valentía, no sabré yo de eso, pienso para mí misma, no puedes tener temor, corresponde vencerlo a como dé lugar, el sentimiento verdadero tiene el poder de vencer hasta lo imposible, no estamos llamados a vivir vidas derrotadas sino a ser vencedores, y la única forma es luchar con el ímpetu proveniente del amor. Y mirándolo fijamente a los ojos agrego: yo también soy homosexual, es decir, aclaro, lesbiana y agrego: no todos lo saben, ante esta confesión inusitada, Rafael queda atónito y silencioso. No pretendo decirlo a mi familia, no lo considero necesario, debo reconocer con hidalguía, me levanto y me sirvo un vaso de Coca-Cola, emito un gran suspiro antes de decirle que mantengo un solo temor y es al rechazo de mis hijos, mis padres ya están demasiado viejos, para qué contarles, la parentela uno la ve tarde mal y nunca, ¿para qué anunciarlo a los cuatro vientos? Basta que lo sepan aquellos que verdaderamente nos aprecian. Rafael mueve la cabeza afirmativamente y yo apago el cigarrillo que se ha consumido entre mis dedos. Deja de formular juicios contra ti mismo, insisto, yo estoy en esa etapa en la que una hace las paces consigo misma, aunque si lo pienso bien, creo que esa etapa ya la superé. Vamos amigo, ¿acaso vas a auto compadecerte toda la noche?, quién dijo que los homosexuales necesitan compasión. Por favor Rafael, lo primero que hay que hacer es extirpar ese sentimiento de nosotros mismos, hay que empezar a respetarse para exigir a los demás el respeto. No te angusties, ya sé, ya sé, repetí, la carga no es nada fácil pero no por ello vamos a andar como camellos por el mundo. Sonríe y ten ánimo. Ahora soy yo la que tomo asiento y él queda de pie, inclinándose, en su rostro distendido se esboza una sonrisa. Rafael me queda mirando, deja el vaso en la mesita. No se requieren mayores comentarios, se levanta del sillón, me besa, nos abrazamos con ternura y luego de darme las gracias camina hacia la puerta y vuelve la cabeza para decir, te llamaré, delinea otra sonrisa al tiempo que con un ademán de su mano me dice adiós. Con un suave golpe cierra la puerta de entrada. Yo quedo ensimismada y serena. Tengo el convencimiento que si llegó a casa abrumado, salió más liviano y con nuevas perspectivas.

La tarde se acelera bajo las espesas nubes que anuncian un chaparrón, siento la lejanía de María Belén, de su voz. La evoco. El árbol y su copa derruida abre su boca a mi perpleja mirada atada a la voz que logra el sentido perfecto de la calma, recuerdo el naufragio en tu playa. Te escabulles entre los bloques de cementos, huyes en el hielo invernal hacia la morada de tu desconfianza. Insisto en sumergirme en tu sonrisa, en el alba que emerge de tus dientes. Fijo mi mente en tu silueta, en la ya habitual evocación nacida voluntariamente para recrearme en forma desconsiderada y casi feroz en ti. Lejana te intuyo y la tarde inconmovible te secuestra en mis pupilas, hasta el grito, hasta el silencio absoluto. Es el amor como la muerte en su agonía. Miro la hora y decido acostarme, recién empieza a caer la noche. Enciendo la lámpara del living y voy a la cocina, pelo unas manzanas, picoteo unos restos de pollo, y con mi infaltable jarro de agua me dirijo al dormitorio dispuesta a ganarle al insomnio que hace unos días me atormenta, con la ayuda de una píldora que invita al sueño.

15

El teléfono me despertó con insolencia a las diez de la mañana. Atiendo con voz furibunda para escuchar la voz profunda de Miguel diciéndome cómo estás, y yo mordiéndome las palabrotas digo brusca: durmiendo, pero él no se inmuta, hace caso omiso de su impertinencia reflejada en mi voz destemplada ¿cuándo nos veremos, insiste, te he extrañado mucho flaca, y ese flaca me suena a burla y me digo éste no tiene remedio pretende que ignore mis *neumáticos*, y contesto semi-desganada: cuando se pueda, ¿Qué te pasa? ¿Por qué llamas?, como si ignorara sus bajos instintos, su pose de macho irresistible, el que sabe todo de mujeres y sexo y las ganas locas de llevarme a la cama en un *hotelucho*, entonces empieza con sus sandeces, su ego conquistador, empieza a hablar de su última conquista; una chica veinteañera, morena y media delgada y le digo con voz de fingida tolerancia: mi querido Miguel ¿puedes llamar más tarde? debo levantarme, y para mis adentros ojalá no llames, no llames nunca más, cuéntale tus conquistas a tu mujer, a tus amigotes pero no me molestes ¡Desgraciado! Y mientras jura y re-jura amor eterno, insistente me invita a tener sexo y jura por su santa madre, que no me arrepentiré, que me hará feliz, que veré el universo entero y chorrea promesas, lo escucho impaciente, con ganas de cortarle diciéndome este loco ¿Qué se cree? ¿Qué voy a tirar con él? Desubicado, pienso, mientras lo sigo escuchando, los minutos pasan y me crece la rabia como un huracán y lo mando a la cresta, le corto, un suspiro de alivio me inunda, un imbécil más fuera de mi vida.

16

Miguel me ha dejado de un malhumor horrible. Me sirvo un café para disipar la idiotez y enciendo el primer pitillo del día. El rostro de María Belén inunda mi memoria. ¡Ah! María Belén, no quiero marcar y remarcar un número hasta la fatiga, no quiero tu número telefónico sino tu voz respondiendo al llamado de la mía, sin cables ni inalámbricos, fusionadas por el único latido, el del completo amor. El aire más violento encolerizado en la caricia sin pánico alguno. Toda existencia y vitalidad como el verde canto indescifrable en ritmo vital, sin dolor, sin muerte, sin herida, sin angustia, sin espera, en la irreflexión a la que nos conduce la belleza de la que no existe definición categórica y no ha de existir hasta que ambas, tu y yo estemos finalmente juntas, cercanas, como abeja al polen, adheridas como las fotos al añoso álbum de los recuerdos. Demasiado intensas, en la avidez de los silencios, ansiosas en la búsqueda. Perturbadas en la cámara oculta de las opiniones ajenas, temblorosas, en nuestras colinas llenas de belleza, a las que me ha dado en llamar, la plenitud. Y camino por sus senderos cada vez que humedezco mi boca con tus labios o beso tu cuello en el encuentro. Me niego al teléfono como un guerrero empecinado en la lucha, o un ardiente soldado resistiendo el ataque enemigo. Tengo la manía de verte en lo etéreo, en lo visible, y abrazo, mas veces de las que deseara, tu curva frágil, en este capricho de soñarte o fantasearte junto a mi cadera, como un cinto o pañuelo del cual no quiero desembarazarme y cuya cálida caricia anhelo sostener, convencida que sin ti se me va la vida.

17

Es noche de sábado. Consuelo me llama, está aburridísma – así lo expresa- y tiene ganas de salir, ¿Me acompañarías? pregunta con una voz no exenta de coquetería y malicia y yo, bueno, no tengo nada que hacer, en realidad he estado trabajando como loca en unos poemas para mi nuevo libro y necesito relajarme, a lo cual responde: ok nena, te paso a buscar a las nueve, y yo, mira, mejor juntémonos en el Cantabria te queda más cerca y no gastas bencina y ella: bien, a las nueve entonces, repite, ok, le digo, nos vemos y agrego: No te pases rollos conmigo pequeña, responde con una carcajada, como quieras y cortamos al unísono, vaya, vaya, me digo ¿Qué cresta me pongo? Como son recién las siete de la tarde de un sábado grisáceo me preparo un café con unas tostadas y mermelada light, para prevenir esa sensación de hambre que a veces me abruma. Tomo mi once en la pequeña cocina, es tan acogedora mi cocinita, me encanta estar en ella, a veces hasta escribo en ella armada de lápiz y un cuaderno, voy al closet a buscar algo para ponerme, qué complicación, tengo un montón de ropa y nunca hallo qué pilcha escoger ¡Diablos! Este desastre del closet y mi condenada flojera para ordenar ¿Tendré una blusa limpia? La verdad es que detesto planchar tanto como hacer el aseo, suelo comprar blusas ojalá inarrugables, no siempre lo consigo, colgada entre las casacas y pantalones encuentro una blusa negra que me encanta, con mi pantalón café quedará bien, saco un sostén y un calzón blancos y doy la ducha para meterme rápido, con tanto desorden buscando la ropa ¡me he demorado demasiado! ¡Cresta! llegaré tarde, este pelo largo se eterniza, pierdo tiempo en secarme, luego de vestirme procedo al secado de pelo, un poco de crema y un pincelazo de rouge sobre los labios, me pongo el chaquetón negro peludito, especial para estos días helados, meto el celular en la cartera, los cigarros, las llaves, el encendedor, una miradita más en el espejo y listo, cierro con llave y salgo a la calle. He llegado primero, Consuelo debe andar buscando estacionamiento con el lío que se arma en ese subterráneo instalado justo bajo la calzada de Caupolicán, vino a la Plaza de Armas desbordando modernidad como los computadores, claro que la automatización tiene sus problemas, sino pregúnteles a los que quieren sacar plata de un cajero automático, todo va bien hasta que un día se cae el sistema, definitivamente yo no confío en ellos y no es que sea retrógrada, no señores, pasa que usé el famoso aparato hasta que un día me tragó la tarjeta y hasta ahí nomás llegó para mí el uso del sistemita, la cosa es que Consuelo aparece roja de indignación por el cuento del estacionamiento y eso que estamos *hipermodernizados*, ¡Todo estaba lleno ¡Carajo! exclama y respira profundo para echarse a la espalda el mal rato, ¿Tomamos algo? le digo, bueno, una *Vital*, yo una *Coca-Cola* y hacemos el pedido y con sendos cigarritos nos ponemos a *copuchar*. Lo primero que hace es preguntarme por el corazón y yo le digo aquí está muy bien, no seas tonta, me dice, te pregunto si estás con pareja, entonces le respondo: sí, esta tontita está con pareja pero ahora su pareja está desaparecida y la Coty, como le dicen en su casa, veamos, explica eso *porfa*, le digo, mira, no he logrado comunicarme con ella en días y eso me tiene *neura* ¿entiendes?, sí, responde, claro, pero ¿cómo que no sabes nada?, la miro haciéndome la paciente, me molesta que me pregunte... No, no sé nada, además no puedo ir a la casa, ¿Pero y eso? Dice, mira no quiere que vaya a su casa, respondo, a punto de mandarla a freír monos al África, insiste... ¿Por? Y agranda los ojos, a lo cual digo, oye, no me preguntes más ¿quieres? No deseo hablar del tema, es más, me está empezando a molestar tantas preguntas, mejor cuenta de ti, lo que quieras ¿ok, nena? Consuelo intuye que no me sacará más palabras y cambia el tema sin molestarse por mi parada de carro, y empieza: estoy en conversaciones con una *mina*, es estupenda, tiene un cuerpo que ni te digo, unas piernas largas para devorárselas y un *queque* para morirse, empieza a hablar mientras pienso ésta sigue dándole importancia a la cáscara ¿Cuándo se fijará en la cabeza de las mujeres? Cada *mina* que le conozco tiene puros pajaritos en la cabezota, me extraña advertir eso en ella, es una persona que posee muchos conocimientos artísticos y bastante culta además, y le digo: a mí no vengas a contarme que conociste a la Julia Roberts o a la Jolie, háblame de si es interesante como mujer, si se puede hablar con ella o solo tener sexo, aclárame eso ¿ya? Y ella - acomodándose en la silla - Oye, yo no quiero una *mina* para conversar, tan solo para tirar, me conoces de sobra, no busco pareja ni nada serio, eso no es para mí, yo prefiero vivir solita que pasándome *rollos* con una mujer que sé que tarde o temprano será infiel, tú sabes como son las chicas del ambiente, yo señalo: no debes generalizar, de pronto encuentras alguien que valga la pena y eso de la infidelidad en los homosexuales, reconozco que es un problema serio, tengo entendido que se han hecho en el exterior algunos estudios al respecto, yo pienso que es algo que se debe al hecho de estar siempre con relaciones subrepticias, si fueran aceptadas las relaciones *homo*, no existiría ese problema, ¿Entiendes lo que digo? Siempre se está pensando: si sale algo lo aprovecho, si se da la ocasión, es una cosa sexual que no tiene que ver con los sentimientos, bueno, no es que yo trate de justificar, pero entiendo que cuando una encuentra la pareja hay que cuidarla y mucho, me interrumpe para decir: tienes razón, estar en el armario nos hace infieles o estar al *pinche* o *picando la uva* ajena, situación que ¡Sabe dios cuándo acabará! Le digo: mira, en la medida que uno cambie habrá respeto y no habrán cambios sin líderes, esa es la gran carencia que existe en Chile, y agrego, pero con todo nuestro buque de problemas personales, familiares, de trabajo, ¿Quien se atreverá a llevar la batuta por las mujeres? No quiero que parezca una excusa, pero la realidad es que hay que sobrevivir, y si sales a dar la cara da por hecho que te quedas sin familia, sin trabajo, sin los viejos amigos y amigas, en síntesis te quedas a poto pelado. Al oír este término Consuelo explota en carcajadas, mientras la miro seria acoto: no es para la risa - llega a toser tanto reírse- entrecortada dice: pero si te miraras la cara de seria que tienes *viejis*...Claro, tienes razón, estoy de acuerdo contigo mujer, y añade: no seas grave –sonríe levemente y bebe el resto de *Vital*. En ese instante nos damos cuenta que están a punto de cerrar, es un café que acostumbra a cerrar temprano, explica ella, y dice vamos, deposita el dinero del consumo en la mesa, nos encaminamos al lugar donde dejó su auto estacionado mientras le digo oye, nada de *disco*, no quiero enloquecer con la música *a todo chancho*, estás vieja amiga, me contesta, no, vieja no, diría que estoy chata, de eso he tenido suficiente, así que vamos a un pub, ¿te parece al *Choripan*? tienen música en vivo y no te rompen los tímpanos todo el rato, por lo menos puedes conversar tranquila y ver el conjunto de chicos, es entretenido, ok, vamos allá, y agrega que está helado, a lo cual contesto que un trago nos calentará, que no se preocupe y me arrebujo en el cuello de mi bendita chaqueta, mientras pienso: mira en lo que se han convertido tus carretes Erikita.

18

No importa cuán duro intente
Tú continúas
haciéndome a un lado
Y yo no puedo romperlo
No hay forma de hablarte
Es tan triste que
te estés marchando.
Believe, Cher.

Soy la condenada histérica, la que te llama a la una de la madrugada, la que se come las uñas cuando sabe que no estás. Llamo una vez y otra y la respuesta es la misma y la mente vuela al compás de los cuervos, todo se torna negro, no hay paz ni silencio... es el grito histérico de los celos, un solo grito escapando por las volutas de mi enésimo cigarrillo y la copa temblando en mis labios junto a esta desazón retorciendo las entrañas, y grito ante las interrupciones, déjenme en paz ...te dio el *urgimiento* Erika, no tienes remedio, me repito sin cesar y atrapo la parka y salgo como un soplo mortífero a comprar una tarjeta para llamar a celular, con lo caro que sale la compañía telefónica no me quedó otra que desactivar ese servicio y vuelvo a la carrera a marcar el otro número y no responde, y de nuevo histérica me encierro en la pieza y enciendo otro cigarrillo para pensar ¿dónde está? y luego bajo semimuerta a la cocina y lavo la loza sucia acumulada por la inercia que provoca no saber de la mujer, de la única que me interesa, y pienso esta vida es locura, esto debe acabar y busco el valor para decir adiós y fabrico frases, las doy vueltas y al final muevo la cabeza... Creo que no puedo vivir sin ella...Y me siento muda frente a la TV, unos sorbos de té me van calmando pero no dejo de mirar el reloj y decir mañana llamo…No, no la llamaré y entre el sí y el no divago… Si alguien preguntara ¿Qué estás viendo? No lo sé, miro con los ojos vagos, no puedo responder. Escucho el latir fuerte en mi pecho y un calor enrojece mis mejillas, otro cigarro…. Pues, no sé; me respondo sola ¿Y qué? soy la histérica fingiendo calma, la muda estremecida por las dudas. Entre cuatro paredes y el desvelo de saber que todo es una gran bruma en esta vida hija de la gran puta, que carcome y se hace amar u odiar con la misma violencia que siento por esa persona que no me deja abandonar la convicción que es ella quien llena mi corazón, y que es posible que esté con otra persona. Y la rabia me inunda, junto con la más profunda certeza de la incerteza.

19

El mejor gancho comercial/ apela a tu liberalidad/
toca tu instinto animal/ rozando la brutalidad/
Te lo encuentras en la pared/ en el anuncio de un licor/
pegado en un mostrador/ gritándote a todo color/
Coro: (x2)/ sexo compro/ sexo vendo/ sexo arriendo
sexo ofrezco...
Sexo, Los Prisioneros.

Es divertido como conocí a Tamara, fue por la página web *amigos punto com* de internet, intercambiamos números celulares, en ese tiempo no estaba haciendo nada de nada, tiempos de ocio, vivo una etapa que a muchas personas en estos tiempos crueles de reducción de inversiones y aumento de la automatización, que, guste o no, produce incremento de cesantes, nos toca vivir, pues a falta de dinero para salir, la internet es una vía de escape, un elemento de conexión con otras personas para tener algo de "roce social" bastante magro por cierto, ya que no hay un cara a cara, le escribí por esa necesidad de comunicación con el resto del mundo, en una palabra: amistad. Posteriormente nos conocimos en unos de mis viajes a Santiago, en el departamento de una amiga, no recuerdo el día, pero fue temprano, como las once o doce del día, conversamos, nos tomamos una Coca-cola, nos fumamos sus cigarrillos, fue agradable conocerla. La esperaba su marido a unos minutos de distancia, así que luego de un rato de charla nos despedimos hasta otra noche de *messenger*. Todo hubiera seguido muy bien, siendo placentero -me refiero a entablar una buena amistad- si no fuera por la porfía de Tamara de querer algo más que eso conmigo, Tamara, en el *messenger*, todavía insiste en ofrecerse de clavo, me repite una y otra vez: Erikita un clavo saca a otro clavo, olvídate de la innombrable, de esa que te hace sufrir, y yo le digo no tengo ánimo de nada, hago caso omiso de sus palabras, francamente no pierde oportunidad de tirarme los calzones, me viene la *depre* entre los celos y esas insurgentes olas de temor, mi querida amiga, agradezco tu cariño o eso que crees sentir por mí, tu interés en mi persona de repente me achaca, me tortura, me daña o me hace sentir pésimo como si fuera la amante de tu marido, una amante con remordimientos o sea ¡una extraterrestre! ¡Ah, querida amiga! No pretendas nada conmigo que tengo hasta el alma involucrada con esa mujer tan mínima y poderosa como oración de niño. Tu insistencia a veces descoloca, enardece, me enoja, la verdad querida mía, tienes la maldita costumbre de alterarme y mientras reflexiono me alejo del computador bebo un té helado y un sin número de pensamientos me alejan de ti más y más y estoy a salvo de tus palabras ardientes, de tus zalameras rosas o tus lágrimas fingidas, si pudiera serías mi clavo, pero dudo de mis propias condiciones emocionales para tener uno algún día. Me aproximo al PC nuevamente y desecho lo escrito en el Word, para abrir un nuevo archivo con otra idea y no deja de aparecer ese avisito color naranja: Tamara… Tamara siempre escribe, solo que no tengo ganas de responderle, quizás mañana o nunca querido posible clavo, lo siento, recuerda que soy tu amiga ¿No entiendes? Qué tiempo perdido tratando de hacerte entender, qué desatino el tuyo en tu vana insistencia. Eres absolutamente carnal, te confieso no me gustan tus ofertas de buen sexo, se necesita algo más para ser feliz, se requiere algo más que sexo, algo al parecer inusual en esta sociedad de globalización, internet y nano-tecnología, se precisa un poco de amor y compromiso, no sé pensar con los genitales, no solo de clavos se vive. Aburrida del famoso e insistente mensaje naranja apago el computador y subo al dormitorio, tomo un libro y continuo leyendo por enésima vez *Un cuarto propio de Virginia Woolf.*

20

Pasó lo inesperado: mi amiga Javi *metió la pata.* Decididamente me dejó en ridículo. Nunca pensé que fuera capaz de tamaño desatino. Algo que deja en status quo nuestra relación - murmullo entre dientes- aparte que la oferta del horizonte amoroso se presenta desarrapada. María Belén se ha esfumado ¡Mujeres! Me sirvo la tercera *piscola* y busco en la cartera la segunda cajetilla de cigarrillos, la herramienta cancerígena hermana de la ansiedad y del ocio, enciendo el veneno nicotinoso, queda a medias, como yo. Y la Javi, que abrió la boca donde no debía, entonces con gesto cansino, acerco nuevamente el encendedor y aspiro observando si encendió esta vez correctamente, es una manía que no puedo evitar. El cojín grisáceo del invierno de las seis de las tarde se visualiza a través de los cristales. Me acerco al ventanal, corro la cortina y una breve ojeada observa una mancha oscura, barrosa, como la que dejaste en nosotros Javi, pienso. Casi a tientas enciendo el interruptor y la luz hiere mis ojos, me doy media vuelta dando una nueva chupada al cigarrillo, tomo el vaso de la mesita caoba y bebo un largo trago tan largo como para tragarme los temores que invaden con frecuencia a los humanos: el temor al rechazo, al ridículo, a la burla, a la estocada casi siempre al acecho en el café, a la vuelta de la esquina, y a veces de la mano menos soñada. En todas partes se cuecen habas, el antiguo dicho le viene como anillo al dedo a este bochorno. De pie, frente a la TV muerta, permanezco absorta con el milésimo cigarrillo, ahora colilla, que apago en el enorme cenicero de metal plateado. Un torbellino de pensamientos abarrota la mente y el corazón libra una batalla sin cuartel con la razón, las saetas incontrolables amenazan con ensombrecer las ideas. Un chispazo de lucidez me hace analizar tus faltas y hago una breve sinopsis: primero tienes un grave problema o rivalidad con la palabra lealtad, segundo: me siento herida, y tercero y final, me has dejado en ridículo y esto es inaceptable. Permanezco en el umbral de la indecisión, entre parálisis y nebulosas. ¡Cómo se le pudo ocurrir contarle a alguien desconocido que soy lesbiana!, harto imbécil la tipa y desatinada al caérsele el *cassette* ¡Justo con la Bea de Chiguayante! El mundo es un pañuelo. No se imaginó que la Bea iba a contarle de carrerita a la Sofía y ésta a mí. No se puede confiar en nadie. Me dirijo al sofá, luego de depositar el vaso sobre la mesa pequeña, y quedo desparramada con los ojos fijos en el espejo, que devuelve sin piedad la imagen de una desaliñada muñeca de trapo.

21

Hoy me levanto decidida a dar un paseo matinal, esta maniática laxitud que impide mis ataques de saltar de la cama temprano pienso me esta haciendo mal, necesito sentirme dinámica o viva. El asunto es que de un salto abandono la cama, receptáculo estimulante de la flojera o la inercia del bajoneo y tiritando de frío me sumerjo en la ducha, veinte minutos de agua tibiecita reaniman mi espíritu mientras intento hilvanar y repetir frases positivas, una costumbre adquirida en un fugaz paso de enseñanza esotérica, me arreglo y luego de mis tostadas con margarina y mi jarro de café con leche, me miro en el espejo y salgo llave en mano, un sol radiante me recibe en la vereda, paso por el lado del conserje que me saluda amable, yo respondo ídem. le pregunto por sus hijos, el pobre hombre es viudo y me da pena, es un buen tipo con el cual acostumbro a intercambiar palabras, que el jardín, las plantas, la poda de las rosas, la ruda y cómo han subido las cosas, que quien parará la carestía etc. en fin, detalles de la vida diaria. Abandono el condominio y me dirijo al centro penquista, bajo en Aníbal Pinto con la intención de alcanzar el paseo peatonal a ver si hay algo interesante que mirar, avanzo un par de cuadras y doy una caminata a lo largo de Barros Arana, es una lujuria verlo lleno de ambulantes con una diversidad de objetos tirados en los costados, compact, juegos, retratos, guantes y un sinnúmero de cosas más. Las tardes lánguidas penquistas se extienden en los múltiples cafés. El *Toto`s* y el *Pipón* junto a una cerveza o sándwich o un churro relleno de manjar o "el reloj", punto de encuentro de las parejas y las amistades que permanece circunspecto, rígido en la esquina de Aníbal Pinto con Barros Arana, cercano al carro de palomitas y maní tostado. Los chicos corren, los estudiantes llevan sus mochilas y *peinan huevos* deambulando por las calles céntricas de Concepción. Los asientos de la Plaza de Armas están con la panza al aire, bajo los árboles sin ropaje, en estado esquelético ¿Quién será el valiente que pose sus glúteos en la madera húmeda? Estos meses de invierno han puesto prepotentes su pendón en el centro de Concepción, donde circula la venta y la reventa, vendedores silbándose entre ellos, comunicándose la venida de los *verdes* y corren con su mercancía envuelta en una manta o un cartón, ni qué decir los *lanzas* y los infaltables limosneros en las esquinas, en la catedral con su eterna letanía, el músico medio ciego y su letrero en el cuello, la mujer gritando el *Kino*, los zapatos *cuicos* y los raídos, los zombis de la urbe, aquél cesante y la ejecutiva de banco colgada al celular de punta, como merece el cargo y la apariencia, los hombres apurados charlando de a dos o de a tres, divididos de pronto por la gente, unidos por el cortadito que tomaran en el *Cantabria* y el *Dom* pero ese ya no está - recuerdo- con su montonera de años de vida y sus cafés conversados, pláticas con una Escudo o Coca-cola, ya no existe, falleció con tanta modernidad. Y ahora esta remodelada plaza que nos presentan, que está en marcha blanca, lo resalta un letrero, tiene el sabor de los vinos añejos en los recuerdos y la barca de la nostalgia vaga encima de los cuadrantes como oteando más allá del antiguo *Astoria*, refresca la memoria y atrae los años viejos y llena la mente de cosas buenas, cuando no había *Paseo Peatonal*, apenas un supermercado llamado *Las Brisas*. Fue el primero en instalarse en calle O´Higgins al frente de los Tribunales. Antes no existía ni siquiera TV a color, ni *reality*, menos cable, los muchachos y las chicas ni soñaban con las comunicaciones sofisticadas. Ellos leían y asistían a obras de teatro, charlaban, escribían. Disfrutaban con la conversación cargada de ideales, la guitarra y la compañía. No estábamos envueltos en las garras del *neoliberalismo*. Neruda viene a la mente: *Nosotros los de entonces...ya no somos los mismos*. Retorno a mi hábitat con las mejillas sonrosadas por el

70

frío, después de pasar al supermercado a comprar algo para comer. Con nostalgia y todo, el paseo me ha entretenido y llego con ánimo. Almuerzo con ganas. Escucho las noticias, me sirvo un té y llamo a mamá para saber cómo están. Hace días que no voy a verla. Contesta en tono alegre y dulce. Pregunto: cómo está mi reina y ella bien hija, ¿ y usted va a venir? a lo que respondo, trataré mami, lo prometo, ella dice: su papá no estuvo nada de bien anoche, no me dejó dormir a lo cual le replico: vas a tener que separar cama y agrego: no hay alternativa y ella, sí, parece que voy a tener que hacerlo, no estoy durmiendo nada de bien y yo, bueno mamá, cámbiese de cama, cuídese, besos a papá y dice con voz dulce: Gracias hija, cuídate también tú, bendiciones.

22

Estoy en las redes de un temor que me aniquila. Las teorías del amor no funcionan para mí. Me encuentro suplicando a María Belén, abrázame, necesito oír a través de tus brazos que me quieres, abrázame con firmeza, quiero despejar la incertidumbre. ¡María Belén! Abrázame fuerte y poderosamente y no me sueltes que quiero desmayar en tu caricia, en la fragilidad de tu silueta poderosa en los insomnios. Estás emboscada en mi escritura, convertida en el pájaro que canta, permaneces en la memoria. Sin embargo te alejas, me dices adiós solo con el movimiento de tus labios y me agito, te llamo desesperada. Siento que me ahogo, caen mis dedos, mis uñas, mis manos extendidas hacia ti se despedazan, apenas veo tu rostro un tirabuzón lo lleva velozmente y la sangre cae entre mis senos, mi mandíbula se suelta, un espejo retrata mi rostro, mis dientes se caen destrozados, y luego la negrura absoluta, entonces despierto sobresaltada, miro mis manos, están los dedos y uñas intactos, observo mi pecho, toco mi mandíbula, estoy completa, no tengo sangre, una pesadilla, he tenido una pesadilla. María Belén, existes, y te ha tragado la tierra hasta en sueños.

23

Hoy es mi día de suerte. Hastiada del masoquismo que ha impregnado mis días al no saber de María Belén y sin resistir la tentación de llamarla, marco su número. Los pensamientos positivos funcionaron. Esta vez ella misma me contestó, saludo haciéndome la indiferente, no se trata de demostrarle el infierno que he pasado sin saber de ella: ¿hola, cómo está? Y ella, bien, añade enseguida ¿y usted que se ha desaparecido? ¿Yo, desaparecida? disculpa, me parece que fue a usted a quien se tragó la tierra, no llama, no te ubico, nunca estás, raro, me dice, y yo ¿cómo que raro?. Responde: he estado en casa, claro que he salido, he tenido algunos compromisos aparte del trabajo, y yo: no me explico cómo no te he encontrado, ya me daba cosa llamarte tanto, ¿qué pensarán tus hijos?, responde, no me han dicho nada y yo bueno, no llamé más para no molestar, dice no, no molesta, digo te he extrañado, ya vencido mi orgullo agrego, te quiero mucho, luego de un silencio que me parece eterno ¿de verdad? pregunta, verdad, verdad, palabra de mujer y me siento como una tonta al no recibir ninguna palabra afectuosa, pienso, esto no es recíproco y me punza el pecho de pura pena. Si, de pena, disimulo y le digo: ¿podremos vernos?, y quedo más confundida al recibir una pronta respuesta afirmativa, esta mujer es un dilema para mí ¿Mañana puede ser? y dice: Si, te llamo ¿ok?, y yo ok, un beso, que estés bien, responde, igual y cuelgo con una insatisfacción enorme, debo reconocerlo, su actitud me duele profundamente. Necesito hablar con alguien, pienso en Martina, la amiga de Fernanda. ¡Al fin! exclamo, se me ha iluminado la cabeza y busco en mi arcaica agenda su número, pues hace un par de años que no hablo con ella. Martina es una mujer que bordea los sesenta, inteligente, dinámica, una filósofa y psicóloga brillante. Preciso hablar con su sabia y lúcida mente para que me oriente. Una opinión externa siempre aporta cuando viene de alguien del peso de Martina. La llamo y no la encuentro en casa, lo cual es obvio, es día laboral, pregunto a la nana el número de su consulta y me comunico de inmediato. Me presento, aclaro no soy muy amiga, la conocí en un evento social, un bingo en el colegio de los curas X, al cual años atrás me invitara mi prima Fernanda y luego nos vimos en un par de ocasiones, le digo, Martina necesito conversar contigo de una situación que me tiene algo complicada ¿Es posible?, ¡Por supuesto que sí! exclama, me dará gusto verte ¿Qué tal en la tarde a las ocho? Nos ponemos de acuerdo respecto al lugar, un café cercano a la galería Alessandri donde suele concurrir y corto con un suspiro de alivio. Menos mal, hoy despejaré alguna de mis dudas. A las siete salgo de casa para encontrarme con Martina. He esperado esta reunión con verdadera ansiedad. Llego al café y le digo al garzón que espero a una amiga, cuando llegue haremos el pedido. A las ocho y diez, el rostro delgado de Martina hace su aparición en el umbral y mira para todos lados, con una seña le indico donde estoy y le digo: ven, ven, sonriente se encamina hacia mí y me saluda cariñosa, se acomoda y pregunta ¿Qué tal? y entonces, sin mediar mayores palabras le lanzo todo lo que me tiene atragantada. Martina responde, el amor florece espontáneamente como una planta y si lo sentimos es porque lo necesitamos para existir. Ella continua, el deseo, el querer, la pasión, son manifestaciones diversas de este sentimiento natural, agrega: el amor es la verdadera unidad de nuestros sentires, la totalidad de nuestra naturaleza. Cuando amamos padecemos tristezas, ansias, gozamos alegrías y toda la gama infinita de sentimientos que se reflejan en el amor. Hace una pausa, ni que lo digas Martina, eso lo sé bien, afirmo. Por ello Erika, hay que considerar que el amor nunca puede ser un sentimiento independiente de nuestro organismo, sino un sentir que nace de los sentidos. De hecho, la naturaleza engendra todo los sentimientos que vivimos, es la creadora del amor y de todos los amores que experimentamos, continúa, mientras toma un sorbo del cortado que pedimos, y me mira como si fuera una párvula, al menos así me siento ante su mirada escrutadora y todo ese conocimiento filosófico, que parece saberse de memoria, deja la taza en el plato, y dice, no debes renegar del amor, por ningún motivo debes dar cabida a la queja, a las lamentaciones por haberte enamorado y mucho menos por tu naturaleza, que es absolutamente respetable. Hace una pausa, toma un poco más de café y enciende un cigarrillo. La miro, es delgada esta mujer, y alta, muy alta, bastante más que el promedio de las chilenas, diría que casi un metro setenta. No representa para nada la edad que tiene. Creo que es por su contextura. Dejo de pensar, doy la última piteada al cigarrillo, lo apago, al tiempo que la escucho decir: como dice Arias, *el hombre es un ser que se crea a sí mismo y está naciendo continuamente. La historia es el testimonio de su quehacer y de sus obras.* Por tanto, el hombre no es solamente un ser natural, es también un ser humano. ¿Has leído a Arias Solís? Martina insiste con sus autores filósofos que yo ignoro completamente, por tanto afirmo mi desconocimiento, continúa: Este tipo escribió que *el amor es un impulso transcendental, sensible, emotivo, apasionado y, a la vez, una creación del hombre.* Claro, habla en sentido genérico, de la imaginación, de su pensamiento, de su actividad espiritual ¿viste? Por ello no nace solo espontánea y naturalmente ni es un sentimiento que se padece o una pasión que nos arrebate. Tampoco es un acontecimiento que nos saca de quicio. Pone los ojos casi blancos y mira el techo, ¡Ah! Cómo me gusta su teoría de la praxis -y sigue como si nada más importara- tenemos que hacerlo cada día, pues es práctica vehemente que debemos cultivar con afán y tesón. Necesitamos de otros seres humanos para vivir. Cada uno o una encuentra el complemento de su realidad en otro ser que le es afín, agrega luego de una pausa, ahora me dices que no comprendes la actitud de María Belén y yo te digo amar es

75

comprender, comprendemos para entregarnos, para decir un sí definitivo, que la queremos como es. ¿No has escuchado, la frase: Tú eres el único que me comprendes? suelen decirla los enamorados. Una sonrisa se delinea en sus delgados labios una vez más para añadir, por eso debemos ser pacientes, no se puede comprender a nadie por súbita iluminación, comprender es un entregarse al amor mismo, al saber ajeno. Entonces interrogo ¿Tengo que tener aún más paciencia? ¡Ay Martina! exclamo, tomándome la cabeza a dos manos, y revuelvo mi chasquilla de un lado a otro, pero si yo soy la persona menos paciente del mundo, creo que es una de mis mayores falencias. Doy un tremendo suspiro y muevo la cabeza, incapaz de resignarme a tanto trabajo que se me viene encima. Sonrío para mis adentros preguntándome sino será más cómodo ser una eterna solitaria. ¿Por qué no puedo vivir sin amor? Trabajar, amor, regar planta, comprender, parece de pronto demasiada labor para este mísero ser humano que es Erika Martínez Wells. Martina saluda a una pareja que hace su entrada al café, prosigue como si fuera una madre: chiquilla, el amor se aprende poco a poco, paulatina y progresivamente, es una sabiduría a la que se llega a través de una historia, un proceso natural y humano para conocer su realidad. ¡Tú, la más sabia! grita un fantasma posado en mi cerebro, demoníaco, sutil agrega: pero si tú has hecho puras tonteras en tu vida y repite sin compasión la palabra tontera. Muevo la cabeza para desechar al acosador invisible que muere de ganas por tirar todos mis sueños e ilusiones, y respondo a Martina, me estás diciendo que debo comprenderla si la amo realmente, esto significa que para llegar a esa comprensión en forma efectiva, debo conocerla más y trabajar constantemente para conseguir llegar al amor de menos a más, tengo claro que florece como una planta y como tal se debe cuidar. Supongamos que estoy dispuesta a ello ¿Y si aún así no consigo el conocimiento necesario o me es esquiva la suerte para alcanzar su amor? Martina dice firme y seca sin que ni un músculo se mueva en su cara delgada, sin duda alguna entonces no

76

era para ti. Y acota, como si no fuera suficiente, cuando pasan días, meses, y todos tus esfuerzos son vanos, simplemente pierdes tu tiempo. Me retumban sus palabras. Siento un incipiente dolor en el pecho, enciendo un cigarrillo al tiempo que digo: tremendo lo que acabas de decir y añado: definitivamente no es fácil el amor en su praxis, yo no comprendo cómo me pudo dejar plantada o cómo desapareció un tiempo de mi vida. Bueno, si soy objetiva, pienso que no tiene interés en mí, tal vez por ello me importe demasiado obtener su atención y alcanzar su amor, concluyo: somos realmente complejos los seres humanos y ella, lamentablemente así es Erika, somos terriblemente complicados, yo en tu lugar me olvido de su existencia, pero veo que estás empecinada, sin darme cuenta alzo la voz y digo: no, no es empecinamiento ni capricho…Es amor. Martina pregunta ¿Estás segura? Y yo, para ser franca es la primera —o segunda- persona que amo, no dejo de pensar en ella, de recordarla, de sentir las lancetas de los celos cuando no la encuentro, me descompongo entera si no la escucho. Tengo que oírla, es algo frenético, quedo fuera de mí, soy un energúmeno, se me va la paz, me descoloco, ¿qué más quieres que te diga? Y ella, amiga, basta, ni una sola palabra más, lo has dicho todo debo decirte, el veneno del amor se te ha metido en la sangre, tómalo con calma, si eres perseverante lo conseguirás, espero que no sea un calvario la lucha que emprendas desde hoy. Mientras apura el cortado, intercambiamos unas palabras y abandonamos el café dirigiéndonos a nuestras respectivas casas después de despedirnos. Yo, con agradecimiento. A ella la veo complacida por ayudarme un poquito, según sus propias palabras. Me digo que me ayudó más que un poquito y pienso que debo irme con pies de plomo y estar preparada para cualquier cosa que pase… Y añado: ¡a trabajar, demonios, Erika, a trabajar! y enumero: comprender, amor, regar planta. Encojo los hombros mientras unas chicas que pasan por mi lado me miran como si estuviera loca. Claro, si hablo sola. Se está haciendo un hábito en mí.

24

Cuando se es amado, no se duda de nada.
Cuando se ama, se duda de todo. Colette.

Hay personas con las que nos cruzamos en el incesante ir y venir de nuestros días y que no pueden pasar inadvertidas. Invaden nuestras vidas de tal forma, que no pasa un día sin que deseemos verlas y escucharlas, como si en ello se nos fuera el alma. Nos agotamos extrañándolas, añorando su cercanía, y cuando están con nosotros, nos quedamos mudos o hablamos de más, de todo y de nada, hacemos sentir que nada es importante para los dos; con todo, se nos arruga el alma y, el nudo de la garganta que tanto tememos desatar, se las arregla para no abandonarnos y no permite que hablemos de lo que en realidad queremos. Eso me pasa con María Belén. Cuando la veo se agotan las palabras. Al día siguiente recibo su llamado, quedamos de juntarnos esa noche donde siempre. Una breve conversación que me deja llena de incertidumbres, no salgo, no quiero ir a casa de mis papás, no quiero que mi madre vea mi preocupación. Con su ojo certero, ella me mira y descubre fácilmente mis estados de ánimo. Además no tengo ganas de conversar con nadie. Espero nerviosa ver a María Belén, estoy *neura*, no puedo evitar sentirme como una adolescente; todas las dudas me invaden ¿En qué quedaremos? Desciendo rápido del colectivo para llegar antes y no hacerla esperar. Una consideración que sería grata recibirla de su parte. Al llegar al café, abro la puerta de vidrio y me acomodo en una mesa al costado. Mirando hacia la entrada, podré verla apenas llegue. Los minutos avanzan lentos. Pero es que yo he llegado muy temprano, me digo, mientras llamo para que me sirvan un café. Llevo casi una hora esperando. Llega con cara de preocupación y saluda con una excusa por su retraso. En realidad a María Belén no le faltan excusas de un tiempo a esta parte, que el trabajo, los hijos, en fin, lo que se le pueda ocurrir en el momento. Hago como si no me hubiera molestado, la verdad estoy algo enojada ¿Qué hacer? Ella es así, me digo, no creo que cambie y además, qué puedo exigirle, tengo claro mis sentimientos. Los que están en lastimosas tinieblas son los de ella, intentaré hoy aclarar un poco el panorama. Abordar el tema se me hace difícil, inicio la conversación con banalidades. Se nota cansada, pensativa, de pronto dice: me duele la cabeza, a lo que respondo ¿Tomaste algo? y ella, sí, ya pasará, no sin cierto temor – ¡Qué terrible emoción! Le digo cuéntame ¿qué sucede? Mientras con un gesto pido la atención de la chica del bar la miro. Le pregunto ¿Qué te sirves? y ella, solo una Coca- Cola por favor, saca la cajetilla de cigarrillos y me ofrece, me apresuro a encenderle el *Belmont Light,* hago lo propio con el mío y ella que no te he contado, pero hace un tiempo conocí a alguien por internet y fui a verla, estuve con ella, vive lejos de acá, la quiero, es especial para mí, no puede vivir aquí, le es imposible dejar su trabajo y yo no puedo moverme por mis hijos…Mi corazón da un vuelco. Ante la declaración inesperada emito un débil ¿y? Quería que lo supieras, dice. Me doy cuenta que para ella es importante y respondo: bueno, ella no puede venirse para estar contigo, yo soy real, estoy aquí y te quiero y ella expresa: lo sé, su mirada es indefinible y me siento mal. No obstante no dejo de repetirle que la quiero, sin embargo, no entiendo nada. Le digo ¿Todo lo pasado entre nosotras no vale nada, no significó nada para ti? Y me mira con sus ojos tiernos y con serenidad responde: sí significas, siento algo por ti, sin sentir una pizca de alegría pienso eso basta para mí, pero no dejan de aparecer las dudas, ante ella permanezco muda. Nos miramos, me invade una profunda tristeza. No me siento perdida como *Joe Buck* en la película *Perdidos en la noche,* pero mi corazón está rebanado como una sandía arremetida por un cuchillo. No son celos, no, es el hecho de no saberme correspondida, toda esta locura mía no tiene sentido pienso, y permanezco muda y ella ¿Me entiendes? ¿Me entiendes? repite. Muevo la cabeza con gesto afirmativo, pero en realidad no entiendo. No la comprendo, los hechos no corresponden a su actitud ¿Puede entregarse alguien amando a otra persona? -Pienso que no y yo la he tenido y experimentado algo que atribuyo al amor- ¿Y si está equivocada, y si no la ama y solo cree amarla? Medito, está dentro de las posibilidades, María Belén eres incomprensible. Me acuerdo de los consejos de Martina y digo sigamos juntas, conozcámonos más y veamos, no muy convencida, luego de su tardía confesión y sus indecisiones evidentes, pero la quiero ¡Diablos, la quiero! Agrego que no quiero perderla. Yo tampoco dice, y sin dejar de mirarnos pagamos el consumo y salimos a caminar. De pronto dice ¿Vamos a algún lado? Y yo ¿A dónde quieres ir a X o Y? responde con una media sonrisa: A ninguno de esos lugares, a un lugar especial -yo entiendo el mensaje- Hacemos un par de llamados para ubicar el lugar exclusivo y tomamos un taxi, ya instaladas en la parte posterior, algo de alivio esfuma mi tristeza, pienso, al fin estaremos juntas, como sea pero juntas, verás cuanto te amo, me digo mientras tomo su mano que adoro con explícita y real ternura....Subimos al ascensor hasta llegar a la Oficina, nombre con el cual se denomina subrepticiamente a la habitación que nos acogerá. Al llegar, el conserje con cara circunspecta, nos entregó la llave del pequeño paraíso, exclamo ¡Al fin, solas! Y la abrazo mientras pienso, hoy no te quedarán dudas respecto a lo que me une a ti y se lo demuestro sin palabras. Como el vuelo de un picaflor, una pregunta me asalta, ¿Podré apagar mis propias dudas?

25

Me muerdo los dedos, me como las uñas. Los cigarritos atiborran el hondo cenicero que me acompaña y la turbia desazón de este agosto inacabable me tiene sumida en un fango absoluto, como un dragón domina mis emociones, más distraída que nunca y en la cuerda floja de un ocio insensato, paralizada por una inseguridad que expulso con el humo, con la celeridad de un náufrago, intentando desesperada encontrar el rescate que no se divisa. Ni un solo libro me provoca, y no hay pastilla que levante mi ánimo, ni llamada que quiera recibir. He desconectado el teléfono. Soy incapaz de hablar, la fuerza se ha estrellado en el desaliento, tendida en la cama. A duras penas me levanto al baño, he encargado al conserje unas cajetillas de cigarros y unas Dipironas para combatir el dolor de cabeza que seguro me causa el tabaquismo o los indómitos duendes y fantasmas que ágiles danzan en mi cabeza. La contradicción, qué suicidio el mío, ¡Qué malura de testa me aflige mi Dios! Ni pensar en salir, ni ver a mi familia. No advierto alivio a esta opresión que ha venido a posicionarse de mi esqueleto sin previo aviso, se ha entrometido la depresión, ha venido golpear con mano dura mi puerta. ¡Ah! María Belén, ¿Cómo entender tu laberíntica esencia? Entonces recordé esa canción*: *Into the distance a ribbon of black / Stretched to the point of no turning back / A flight of fancy on a windswept field /Standing alone my senses reeled / A fatal attraction holding me fast how / Can i escape this irresistible grasp?*
Can't keep my eyes from the circling skies / Tongue tied and twisted just an earth bound misfit, y con la lengua atada me quedé pensando en una atracción fatal, que no tenía nada que ver con la película de *Michel Douglas*, sino con la incertidumbre elevada a un nivel

exponencial que no podía desentrañar.

Entonces me ahogué en el caldo negro.

Learning to fly, Pink Floyd en español:

En la distancia una cinta de negro/Estirada hasta el punto de no vuelta atrás/Un vuelo de la fantasía en un campo azotado por el viento/Por sí sola mis sentidos tambaleó/Una atracción fatal que me sostiene rápido ¿cómo puedo escapar de esta comprensión irresistible?/No se puede mantener los ojos en el cielo dando vueltas.

Lengua atada y retorcida sólo un desajuste tierra con destino.

26

En una de esas noches aburridísimas, cansada de los ritos cotidianos, ingreso a mi cuenta de correo. Tiempo atrás entré a ser parte de una lista para mujeres y esa noche vi un mail de una que me llamó la atención, le escribí a su correo privado aconsejándole tuviera mucho cuidado al tratar a las integrantes de la lista. Algunas, conocedoras de su forma de ser desde niñas, son susceptibles debido a las discriminaciones padecidas. Hay que tener cuidado, le manifesté. Recibí de inmediato un mail donde me agradecía. Miriam es una mujer de cuarenta y cinco años que se casó dos veces, es separada y no tiene hijos. Lo que antes le parecía un castigo hoy lo considera una bendición, luego de treinta años en que se rehusó a reconocer su lesbianismo. Miriam nunca pudo ser fiel a sus maridos, no disfrutaba las relaciones sexuales. Le faltaba algo y ese algo era el amor de una mujer. Cada vez que se le presentaba una oportunidad tenía relaciones con mujeres casadas al igual que ella. No fue feliz junto a un hombre, pero influenciada por su familia, que ignora su orientación sexual y amistades a las cuales siempre les ocultó sus deseos más íntimos, se volvió a casar. Ella pensaba que se le iba a pasar la atracción que sentía por otras mujeres. No fue así. Y su lista de aventuras casuales con otras mujeres no paró de alargarse. Pasaron años. Recién acaba de aceptarse. Ha reconocido su verdadera naturaleza y está eufórica, feliz. Fue justo hoy que finalmente se convenció que no puede evitar sentirse atraída por otras mujeres. Decidió no hacer más caso de su parentela ni amistades. Inscrita en la lista enviaba uno y otro mail con alegría desbordante por su decisión. Se confiesa ingenua y mi correo le llegó justo a tiempo para detener su euforia, porque si hay algo que la define es la palabra eufórica, es una mujer que parece haber encontrado la felicidad que nunca tuvo ni con su primer marido ni con el segundo, ni con sus pololos antes y después de sus matrimonios. Tenía miedo. Le expliqué que eso nos pasa a todas. Solo que no todas aceptan esa explosión de contento, en especial las mujeres que desde jóvenes han vivido la discriminación. La pobre recibió varias reprimendas de las otras listeras, la tildaron de inmadura, de falta de criterio. Yo me dediqué a leer los mail que inundaban el correo y no dejé de pensar que nos falta tanto como personas, se pide respeto y a veces no se respetan los sentimientos de otros. Ella estuvo treinta años, en los que negó férreamente a su naturaleza. Confiesa, no sin cierto pudor, nunca haber sido feliz en la cama, llegó a pensar que era frígida, se ríe de ello. Ahora puedes reír, le digo. Similares testimonios hay entre varias amigas, incluso amigas que actualmente están casadas, nadie debe permanecer ajeno a la situación de tanta fémina negándose la vida que le corresponde vivir. Ahora está feliz, después de una larga lucha contra sí misma que no estuvo exenta de crisis, depresiones, le digo ¿Cuánto dolor innecesario y cómo evitarlo a otras? Responde: ojalá pudiéramos hacer algo para aliviar la pesadilla de las nuevas, y yo: tenemos que asumir esa responsabilidad, es tiempo.

27

La Miriam y sus ex maridos me hicieron recordar a Javier. El implacable, hosco, marchito Javier, egocéntrico, dominante y posesivo elevado a potencia infinita y esa lata que me dio en el último tiempo: te dejas influenciar por tus malas amigas. Los hombres no parecen comprender que una mujer puede vivir sin ellos, o desee vivir tranquila sin gritos ni caras asesinas ni miradas frías. Me digo ¿Quién desea una pareja? Esa relación patriarcal, hombre/mujer donde el hombre es el pensante, el que todo lo sabe y la mujer la tonta, el cuerpo reproductor, aceptador del dominio, el sensitivo ser emocional y llorón. No quiero una pareja. Qué dónde están mis camisas, que no me lavaron la azul, y mis calcetines dónde cresta están mis calcetines, mujer no te preocupas de mí y... ¡Yo me saco la cresta por ustedes! Apróntate niña que eso te espera, y deja de rogar a San Antonio! Que más te vale quedarte como estas, solita y sin cacho alguno, sálvate niña, deja de rezar al santo, que te conviene, digo yo, escucha la voz de las que saben el calvario. Con suerte la muerte te espera, déjala pasar y no te apures que si sola estás, es tu madre o tu padre rogando al cielo por ti... ¿Quién quiere una pareja?, un sátiro desconsiderado que al primer enojo te representa el plato de comida que te echaste a la boca, la cuenta de la TV, la luz, el celular...etc. y apúrate mujer que tráeme el maletín, la corbata, enderézame la corbata...Ya, escobíllame los hombros, abróchame el zapato ¿viste que está mal ? y no te olvides de esperarme a la noche para que me sirvas tú la comida, solo tú. Sí, pero no te creas, no es tan grande el amor, sino que necesita la esclava que le mire la cara de ogro, la amargura de un día de agotador trabajo sudando por ti y tus hijos. Mujer, a esa altura ya se olvidó que son también sus hijos, y que otra vez plata para teñirte el pelo, pero si hace poco te dejé, pásame el control, cállate mujer, quiero ver las noticias tranquilo. Ya le serviste, ahora eres el estorbo, la bruja maldita con el pliego de peticiones, la que se come todo en un día, ya se olvidó que los hijos comieron y que el mismo se devoró dos platos. Pareja... Se me rompía el alma cuando una chica se casaba. Pobrecita, pobretona, ¡Pobre tonta! Y entonces iba al casamiento y deprimida, con lágrimas resbalando por la cara, en medio de la misa la miraba en el altar. Claro, ¡Cómo no! si todavía me acuerdo cuando cometí ese tremendo desatino, y mientras mi marido observaba y seguro tenía en el pensamiento – ella se emociona al recordar nuestro matrimonio-. ¡Qué brutalidad! Chiste cruel, el sabor del arrepentimiento.

28

Buscando en el armario un papel que me pedía la AFP, encontré otros que ya había olvidado entre medio de carpetas, declaraciones de renta, diplomas diversos y sempiternos currículum con fotos añejas. Tomo uno de esos arrugados escritos y recuerdo que a escasos meses de mi separación, lo escribí. Con curiosidad leo: "dónde quedó la furia de los sueños rotos o de la mujer rota, ese libro de la Beauvoir, solo que no es indolencia ni siquiera enfado o desazón por un hombre infiel, como en el libro de la feminista escritora, sino esta larga modorra, camarada cotidiana que se sube a los hombros como un niño. Es la costumbre, la inercia que te ahoga como mosca en copa de vino, o el pan frito en cuadraditos dando piruetas en la crema de lentejas, el vendaval que arrasa con el techo o la arboleda y queda deshojado el sortilegio. Si es que alguna vez existió magia, aclaro, no es el caso este. El embate de los años se aglutina en las rodillas con certidumbre, se declara ya no se es la misma al borde de los cuarenta, la década donde empieza a languidecer la esperanza, donde no bastan los hijos convertidos en hombres y mujeres adultos, ni los nietos. Sabes que no son tuyos, ni el almuerzo dominical, la visita a los viejos, el té con las amigas. La baraja se encuentra despeinada, esta vez no ganas la vientiuna real, ni siquiera te llena un juego de carioca, es la rotura extrema de paisajes porque el pasado se fue y el futuro no existe, el nido está vacío, poseemos un hoy destrenzado y una difusa reminiscencia de torpes infidelidades y aventuras de los treinta o de los quince. Y todo ha cambiado porque los senos se cayeron, las estrías abundan en el vientre y con tanto usar pantalones te quedaron las piernas flacas con pantorrillas fofas y esas arrugas alrededor de los ojos que ni la crema económica, regateada en la farmacia, ha logrado disimular. Te ves decadente, exenta de bríos. El espejo es un ente abiertamente declarado tu enemigo. Y sales a la calle a comprar al supermercado, en un movimiento de esfuerzo obligado, porque todo es caro para el presupuesto y el dinero no rinde y el almuerzo, otra vez pensar en él como una condena a cumplir. Que esto no le gusta a uno, que esto no le gusta al otro ¡Mierda! **¡QUE TODO SE VAYA EL DIABLO, TODO AL DIABLO! QUE SE COMAN LO QUE HAY, QUE NO ME JODAN LA VIDA, QUE YA NO AGUANTO A NADIE, APENAS ME SOPORTO SOLA CON MI EXTREMA AMARGURA Y MI FURIA APAGADA.** Una sonrisa esbozo al ver el resto de pasado que revive en esas líneas. Suena el timbre y diciéndome nadie a quedado de venir, quién será abro la puerta y… ¡Carmen, qué bueno verte! pasa. Es mi estilista desde hace como veinte años, sí, hace exactamente veinte años nos conocemos. Me dice, hoy decidí pasar a verte a tu nueva casa y copuchar un rato. Su visita me alegra, le pido se acomode en el living y le paso el manuscrito que hasta ese minuto sostenía en las manos y con el cual salí a abrirle la puerta. Me mira extrañada y pregunta ¿Y esto?, un viejo recuerdo le digo, y enseguida ¿Quieres un té o una bebida? oye sí dame algo para beber pero solo agua, tengo sed y no quiero bebida ¡Estoy tan gorda! Esa es su eterna preocupación. Es una mujer de mediana estatura y mucho más joven que yo, por lo menos unos diez años. Todavía me acuerdo cuando quedó embarazada. Estaba tan desesperada. Carmen interrumpe mis recuerdos ¿Lo escribiste tu? y yo ¿Quién crees? ¿No notas cómo estaba? esa, mijita, era yo detestando mi vida, la rutina, el machismo y a los regodeones de mis hijos, y Carmen dice con rostro feliz: menos mal yo me libré, nada de marido, no tengo hombre ni falta que me hace, lo más importante es que tengo mi hijo. Hombres no, conmigo nada de nada, me basta con haber conocido al papá del Felipe, con eso tengo bastante. Y yo me río a carcajadas porque me parece mucho esa expresión a una conocida y vieja canción. Con Carmen nos morimos de la risa y yo agrego: la verdad mi vieja, es que te escapaste, si, así es, se pone seria al decirlo, debo reconocer que a Felipe le hizo falta su papá, a lo cual respondo: siempre hace falta el padre ¿Hay un dicho no? eso de que aunque el padre sea una bosta es el padre y agrego: lo mismo se aplica a las madres, imagino. Carmen bebe un sorbo de *Vital* y con rostro severo continua, si, harta falta le hace el padre a los cabros, a mí lo que me emputece es que aun cuando una se saque la cresta trabajando, lloran y penan por el papá, a lo cual le digo: ese es el problema amiga, no hay que darles todo lo que se les ocurra, hay que entregar lo justo y necesario en lo material, las madres caemos en el error de consentir a los hijos y todo marcha bien mientras ven que puedes saciar sus caprichos, pero ya verás como se comportan cuando están mayorcitos y te es imposible darles en el gusto. No hay sacrificio que valga, terminas sola, al final, ya sabes, crecen y se enamoran y te conviertes en la vieja de mierda. Ahí ya empieza la otra etapa, la del cansancio y la furia, furia contenida, como sea, furia y ante eso hay dos alternativas: la vida o la muerte. Yo elegí la vida, como dice la mina de la película. Entonces Carmen me mira y agrega: no imaginé Erika que algún día tomarías la decisión de separarte, ni yo tampoco Carmen, digo rápido, no fue solo la rutina, debo confesar que mi vida tuvo un cambio radical, pero es otra historia, ahora no tengo ganas de hablar de ello. Ella, respetuosa de mi privacidad queda muda, ambas quedamos por minutos meditando en nuestras propias vidas, hasta que rompo el silencio: pensar que nos conocemos hace tantos años, ¿te acuerdas? valoro tu amistad Carmen, y ella responde igual yo Erika, por eso a través de tu amiga la Cata, que estuvo en el local el otro día me conseguí tu dirección y vine a verte, no quise llamar, quise darte una sorpresa, mientras se levanta deja el vaso vacío en la mesa y agrega que debe irse, que tiene que atender a una clienta, y yo le digo que ha sido una grata sorpresa, que ojalá se repita más seguido, sonríe y dice así será *pillina*, pero ahora tú tendrás

89

que ir a verme. Iré, iré, deja que solucione algunos embrollos que tengo y nos encontraremos nuevamente, la acompaño a la salida, ya a punto de partir me dice que te vaya bien en eso de tus *rollos* y cuídate, le doy un beso en la mejilla y digo, tú cuídate también.

29

Me dirigí a la pérgola a buscar unas flores para una amiga y tropecé con Catalina de las Mercedes Castro Conejeros. La triplece le decíamos en el liceo, un gran alegrón nos dio el encontrarnos, sus buenos treinta años que no nos veíamos, si la memoria no me falla. Como decía, Catalina y yo nos encontramos en la pérgola de las flores, ella buscaba un arreglito para una de sus sobrinas que estaba de cumpleaños. Nos pusimos a charlar y a preguntarnos ¿has visto a Bea, a Ceci? Un tropel de recuerdos nos unieron ese día; y te acuerdas cuando te pillaron fumando marihuana le dije y ella ¿Te acuerdas que te decíamos la romántica? me respondió...y has visto a la profe jefe y sabes de... Luego de calmado el arrebato de recuerdos le pregunté: ¿y qué haces? Bueno, ya sabrás que hago clases de matemáticas en el Experimental, la miro sorprendida ¿Tú, profe? y con lo calladita que eras y ella, para que veas. ¿Y qué tal tus alumnas? pregunto, bien, mira, lo único que no faltan son las cabras que quedan embarazadas, no baja el promedio de ocho a diez al año, y eso que se supone que actualmente existe más información al respecto que en nuestra época. ¿Te acuerdas cuando la Sonia quedó embarazada y tuvo que retirarse del liceo? le digo y ella me afirma, ahora ya no es así, pueden seguir estudiando, claro que no en todos los colegios le planteo, y ella risueña me reclama: cuéntame de ti ¿Qué estás haciendo? Mira, estoy dedicada a escribir luego que el virus de la cesantía me atacara, a eso me he dedicado estos años. Y así nos fuimos esa mañana con la Cata por calle Caupolicán. Estábamos enfrascadas en nuestra charla y no nos percatamos que los ambulantes tomaban sus paños envolviendo la mercadería o sus cajas de productos y al soplo de que los *verdes* se acercaban, arrancaron disparados, ni cuenta nos dimos y de un solo empujón dos o tres vendedores me tiran encima de la Cata con cartera, maletín y flores, y la Cata cae de espaldas sobre los coronas exhibidas al público en el pequeño puesto, para mala suerte los famosos cojines estaban en un tablón frágilmente sostenido por unos caballetes de madera y se produjo un caos total, la casera gritaba y echaba garabatos junto con sus colegas pergoleros, nadie pensó en socorrernos, sino solo en insultar y amenazar a los vendedores que luego de una breve parada para mirar el desastre que habían provocado, se esfumaron. Y ahí quedamos una encima de la otra, la Cata terrible de golpeada en el costado y brazo derecho donde se apoyó con fuerza, la mano rasguñada, la cabeza a salvo menos mal. Yo resulté ilesa salvo que las rosas resultaron totalmente arruinadas y los pantalones con barro, la saqué barata, la Cata tuvo peor suerte, nos acomodamos, limpiamos un resto nuestras ropas y digo ¿Qué desastre no? ella me mira sonriendo y dice ¡Puchas, cuándo nos vamos a encontrar de nuevo, media embarrada que dejamos juntas! y suelta la carcajada, yo riendo respondo: y bueno, yo por lo menos, no pienso comprar de nuevo las flores ¿Y tú? Mira, así como quedé se me quitaron las ganas de ir a cualquier parte que no sea mi casa, voy a tomar un taxi y me voy derechito a casa. Haré lo mismo, digo, mientras me despido deseándole buena suerte, ella agrega que ha sido un placer vernos, que ojalá la próxima vez no te me caigas encima y me toque a mí, no nos perdamos llámame. Nos despedimos embarradas y magulladas, pero sin dejar de reírnos.

30

Una vez a la semana viene Sara, mujer de sesenta años, contextura mediana, rostro moreno rugoso y manos callosas. La pobre mujer tuvo ocho hijos a los cuales cuidó y alimentó trabajando como bruta, primero con marido, un alcohólico irremediable y luego sin él, pues el bueno para nada de su macho, se murió en la calle un día cualquiera, de puro borracho nomás, contaba que por ese tiempo, para echarle algo a la olla y educar a sus hijos hizo de nana, de lavandera, costurera y otro sin fin de menesteres. Habrán sido cientos sus patrones desde que tenía dieciséis años. A Sara la conozco de siempre, yo tenía como cinco años, en los tiempos que trabajaba en la casa de unos viejos vecinos de mis padres, allá en Talcahuano. Ahí vivía Sara, educando a sus hijos, vendiendo sopaipillas y pan amasado los domingos para salir adelante con mis chiquillos, decía. Viuda como estaba y ahora vivía sola, los hijos emigraron a Santiago, algunos en busca de nuevas oportunidades, y los otros se fueron a enterrar al campo, el de sus abuelos. En honor a ese antiguo contacto que manteníamos, se ofreció a venir a limpiar mi departamento, y yo estaba feliz de tener compañía segura por lo menos una vez a la semana le dije ok, tu vienes, te pago lo que corresponde y luego tomamos once y copuchamos un rato. Así se hicieron costumbre nuestras charlas de los martes. Ella, nacida en el campo, regalada por su madre, (que tuvo veintitrés hijos), a un matrimonio de viejos que apenas le daban la comida y unos harapos para cubrirse, y de cuya casa arrancó y empezó a ofrecerse para cualquier trabajo, decente me refiero, una peguita acá y otra por allá y se fue estabilizando poco a poco. La Sara no perdía sus recuerdos campesinos de cuando tenía cinco o seis años y solía contar cuentos de fantasmas y diablo incluido, eran historias escuchadas en largas noches sentada alrededor de un brasero junto a sus hermanos, o vividas en su triste infancia. Un día, luego de terminar sus tareas, con la música a todo volumen, como le gustaba, nos sentamos en mi pequeña cocina para compartir tecitos con canela, me dijo con sus ojitos vivaces, Erikita, nunca le contado la historia del marido de doña Flora, mi vecina de allá del sur de *Cunco*, más allá de *lo Temuco*. Kikita se acuerda y yo a ver, dime, ya sin disimular mi interés y ella junta sus manos sobre sus rodillas, cierra los ojos para hacer memoria y empieza: pasa que doña Flora quería tanto a su marido y él por supuesto a ella también, eran muy unidos, no podían estar el uno sin el otro, juntitos se veían siempre, vendimia que había, ahí estaban ayudando, o en trilla o muerte de chancho, andaban juntos por todas las parcelitas, eran amigos de todos, buenas personas los dos y serviciales, pero lo bueno era que se amaban tanto – pone los ojos blancos y continúa- a don Pepe le empezó a fallar el corazón o el hígado, no sé bien y se fue enflaqueciendo, adelgazando tanto que parecía fosforito y usted sabe que allá sin plata uno se muere nomás. Y un día don Pepe amaneció muerto, ese día doña Flora enloqueció de dolor. No había como calmarla, ni el *gloriao* que llevaron para el velorio la calmó, leche con cascaritas de naranjas le dieron, en fin, lesearon más con ella hasta que por fin se durmió. En la mañana, cuando se llevaban la urna al cementerio del pueblo, apareció doña Flora gritando: ¡Pepe estuvo conmigo anoche, estuvo conmigo! Y todos la miraron boquiabiertos viéndola cómo vociferaba tamaña lesera, cómo don Pepe iba a pasar la noche con ella, si estuvo toda la noche metidito en el cajón, la Flora está loca, decían las viejas, ¡Vayan a calmarla niñas por Dios! Y partieron unas amigas mías de diez y quince años y la llevaron a la cocina para darle algo y le gritaban: ya *iñora* cálmese, si don Pepe va p'al cementerio ahorita y ella insistía: pero si Pepito estuvo conmigo anoche, si él pasó la noche en mi cama y lo pasamos tan bien y se puso a llorar, según ella de pura felicidad,

94

pues aseguraba que su Pepito volvería. Mis amigas y una de las ancianas que se quedó en la casa comentaban esto después a todos en el pueblo y así se corrió la voz. Pasaron los años y doña Flora seguía aseverando: Pepito viene una vez todos los meses a estar conmigo y la gente meneaba la cabeza pensando ¡Esta pobre vieja esta rayada! Y Sara lanza un suspiro profundo, tan intenso como sus recuerdos y dice: ve Erikita que le tenía una buena historia, y yo le digo gracias Sarita, por eso te quiero- añado sonriendo- Eres tan entretenida y agrego haciendo una mueca, ojalá que no venga ningún fantasma por estos lados y lanzo una carcajada que Sara imita al ver mi cara de horror al pensar en ello.

31

En el supermercado me encontré con Ana, mujer vital, múltiple y admirable, vieja amiga. Andaba apuradísima pues tenía que ir a atender sus hijos, igual charlar le agrada tanto como a mí y con voz animosa dice que rapidito nos tomemos un cortadito y conversemos Erika, le digo que no me va a negar esa oportunidad de verla y conversar. Con tanta actividad, solemos posponer instancias para compartir. Acomodamos nuestras posaderas tanto como era posible en las incómodas sillas de un cafecito ubicado en una de las galerías que quedan al frente de la Plaza de Armas. Hecho nuestro pedido, entre sorbito y sorbito de café, intercambiamos nuestras novedades. Anita me cuenta que su relación con Humberto esta pésimo, fíjate que está tan idiota que no se le puede hablar, en la noche apaga la luz a las once clavadas. No puedo leer, menos ver televisión, olvídate mijita, si se me ocurre fumar me echa el rosario completo, el de su madre y la mía. Sabes Erika, te confieso que me pasa algo con Beto, le he empezado a tener miedo, desde que quedé sin trabajo en la empresa y no genero ingresos ha sufrido un cambio insospechado. Nunca pensé que Humberto fuera a cambiar tanto, a lo cual digo ¿en qué sentido notas que ha cambiado, aparte de la idiotez manifiesta que me estás contando? agrego, ¿Crees que tiene otra mujer? y ella contesta no, el Beto, no creo. Bueno, nunca se sabe, digo exenta de mala intención, Ana ya sabes algo, conozco a los hombres. Pasa que no hace las tareas ¿Me entiendes amiga? no pasa nada de nada en la cama, los fines de semana permanece echado viendo televisión, enajenado, y yo como tonta llevándole la once, la comida. Desde el desayuno a la noche pendiente de él. Pregunto, ya que nos une la confianza ¿tendrá problemas económicos? Y ella, no, si nunca antes habíamos estado tan bien, claro, nada de lujos pero no nos falta nada, le digo riendo ¿No será que está menopáusico? No sé, ni tan viejo es para esa actitud ¿Has usado tus dotes de conquistadora? fíjate que no, ni ganas me dan, te digo Erika que le tengo miedo, un miedo espantoso a que se enoje, ni siquiera me atrevo a hablarle, me apresuro con congoja a replicarle, eso no puede ser y agrega: no sé qué voy a hacer Erika ¡Qué bueno que me encontré contigo! si tú lo dices, será, pero Anita, no sé por qué las amigas y amigos suelen acudir a mí con sus asuntos, siempre que me los encuentro, me los expresan, lo gracioso es que no sé resolver los míos. Anita dice con su rostro dulce: a mí también me pasa Erika, lo que sucede es que tu sabes escuchar, desde siempre has tenido buena oreja como se dice. Y agrega impaciente, ¿qué opinas de lo que te he contado? Y respondo con cariño y cara de matrona, mira, primero creo que no se puede vivir con una persona a la que temes. Aquí hay dos opciones: una, tú estás pasando por algo sicológico, sin ánimo de ofenderte, ya sabes que no hay nadie que no tenga problemas de ese tipo, con la mala calidad de vida que se lleva, absortos en el trabajo y en cumplir en casa, el tiempo para comunicarse es limitado en estos tiempos, bebo un sorbo de *cortado*, y lo otro, y que es muy factible, es que Beto esté pasando por una etapa depresiva. Igual el hombre debe sufrir en el trabajo, ya sabes, parecen muy duros, pero los jefes son más perros y representan a la autoridad. En fin, lo que está más que claro es que no puedes vivir al lado de alguien a quien temes. Ana se queda pensativa. Enciende un cigarrillo y casi sin voz responde sí, es así, no puedo vivir con miedo, debo hablar con él, tienes que armarte de valor, invítalo a algún sitio a conversar, le insisto. Debes confiar, y si tú dices que no es problema de "faldas", bueno, ambos tienen un problema. La comunicación es el remedio, la desconfianza, unida a la incomunicación puede ser muy dañina para una relación de pareja. ¿Y eso Anita, de tenerle miedo? ¿Qué quieres que diga?, eso sí es insano. Ciertamente parece que están pasando por un momento difícil, pero ese distanciamiento debe salvarse con un esfuerzo mutuo y continuo, además de a una gran dosis de respeto y confianza, por nada del mundo le digas que le tienes miedo, dile que lo sientes distante, que quieres saber qué le pasa, no sé, pero no le entregues armas con las que te pueda dominar y pónganse como objetivo aprovechar los ratos libres en que coincidan sus horarios, para realizar juntos actividades que les complazcan a ambos. Traten de modificar en lo que puedan sus rutinas cotidianas y los horarios de trabajo, para coincidir en casa. Ella, con cara de desaliento replica con un largo ¡Ahhh! Si pudiera encontrar un trabajo, me tinca que mejorarían las cosas. Creo que me está haciendo mal estar todo el día encerrada entre ollas, camas y planchado, sería bueno, muy bueno que tuvieras una actividad aparte de la casa, independiente de Humberto, quizás te valoraría más, pero también han de aceptar con confianza, que cada cual debe seguir adelante en sus actividades y deben apoyarse sin dejar paso a las dudas o los celos. Es necesario hablar de las preocupaciones, los temores y tener confianza en el cariño que se profesan. Y Ana, como afirmándose a sí misma repite: sí, no es sano tenerle miedo, y tendremos que conversar, me mira contenta y pregunta ¿viste que fue súper bueno que nos encontráramos? Y agrega de inmediato, después que arregle el pastelito que tengo en casa tendrás que ir a visitarnos, y yo, será rico verlos juntos y felices, llámame o te llamaré yo. Me alejo pensando en cómo son las cosas, yo dando tanta cháchara, como si fuera una experta de… ¡De nada! y ¿Cómo arreglo mi pastelito yo?

32

Camino entre la multitud. Me han llamado de una consultora para realizar un trabajo de asesoría. Absorta, olvido mirar el semáforo, de repente estoy entre los vehículos, O´Higgins me da un buen susto, y esta manía mía de tener miedo a cruzar la calle, los buses son dinosaurios, la angustia me aprieta el pecho, finalmente estoy en la otra vereda, llego al edificio. Me meto al ascensor, saludo a la secretaria, me dice siéntese, ¿se sirve un cafecito? Gracias, le respondo, paso a la reunión, y la insoportable conversación tantas veces escuchada, miro el reloj, el tipo habla con aire experto, casi autosuficiente, característica de los machos que creen que a las mujeres hay que explicarles los asuntos con porotitos, y yo escucho como un pájaro entumido en la oficina que me ahoga, en la frialdad que me acorrala, y las explicaciones siguen y yo estúpidamente muevo la cabeza afirmando, no tengo idea qué. Me abstraigo, pierdo el hilo del discurso del arrogante gerente de marketing. De pronto saco la voz preguntando algo que casi logré entender...María Belén no ha llamado... María Belén... María Belén María Belén... y mi celular me tienta, a la mierda la cuenta que salga, debo escucharla, entonces el hombre me dice: ¡Bueno Erika, está todo claro! ¿Nos veremos el martes?, y yo digo que sí como la autómata que soy, tiendo la mano, luego de dejarle mi tarjeta. ¿A quién le importa? A la cresta el ridículo proyecto que en ese momento es un problema endemoniado para mis neuronas. Solo quiero verla, debo verla, es la única idea que martilla mi cabeza, no dejo de despedirme de la secretaria y la idea sigue ahí, quiero verla... María Belén... María Belén... María Belén ¿Dónde estás? Salgo al ascensor, ¡Mierda!, no funciona, bajo las escaleras, recuerdo que estoy en un décimo piso, no importa, así pienso en ella, en su mirada, en sus labios, en sus manos… En la calle de nuevo, saco un cigarrillo y lo enciendo. No falta el que me mira con reprobación, eso es, mujer fumando en la calle, esto es Concepción, pequeño pueblo con disfraz de gran ciudad, una ciudad patética, me digo. De un salto entro en la galería y aprieto el número de su celular para llamarla, oír su voz, mi adicción. Sus palabras son aliento para seguir la vida y no olvidar la careta. No contesta. Tomo el bus de regreso a casa, cierro los ojos y sus labios en mis pechos me seducen nuevamente, la poseo y nos mimamos…Me como sus orejas, acaricio su cuello, devoro, en el roce de nuestros cuerpos acaricia mis muslos, incita. Sorpresivamente abro los ojos y observo tras los cristales empañados, llegué al paradero, ¡mierda!, casi me pasé y con este frío y el viento quemando mi cara, revolviendo mi pelo hasta el desastre…. Estoy de vuelta a la prisión, la llave… ¡Diablos!, no la tengo, toco el citófono, insistente, al fin aparece el conserje diciendo disculpe señora, estaba metido en el subterráneo revisando la calefacción, pega unos brincos, alcanza el mesón de recepción y abre el portero, le hago una venia sin palabras, camino apurada y me pregunto ansiosa ¿Habrá llamado?

Y Pink Floyd llena mi mente: How I wish, how I wish you were here. / we're just two lost souls /swimming in a fish bowl, / year after year,

running over the same old ground. /what have we found? / the same old fears. /wish you were here. **

**

Cómo deseo, cómo deseo que estuvieras aquí. /solo somos dos almas perdidas/nadando en una pecera, /año tras año, corriendo sobre el mismo viejo suelo. / ¿Qué hemos encontrado?
Los mismos viejos miedos. /querría que estés
aquí.

33

Hoy es miércoles y tengo dentista, de solo pensarlo un *¡guácala!* sale de mi boca. Ese sillón casi cama, tan bajo, la boca abierta, pañito al pecho, ese condenado gancho que succiona la saliva y el agua, ¡todo un sacrificio! , ni hablar de ese aparato que taladra las muelas y ese sonido horripilante que te hace tiritar de los puros nervios, quedar agarrotada en el sillón como loro en el alambre. Me preparo mentalmente, mientras me tomo la mitad de una pastillita para calmarme un poco, voy al baño, saco el cepillo y la pasta, me froto los dientes, me observo en el espejo, sí, están limpios parece, me digo, y parto al suplicio. Me siento en el taxibus con cara seria, sumida en los pensamientos más profundos como un condenado a la silla eléctrica, solo que no muero, sigo atada a esta vida para purgar los pecados en el macabro sillón dental, pecados que ni siquiera reconozco. Llego a la consulta luego de fumarme en el umbral el último cigarrillo y demorar como oveja huyendo del matadero, la entrada nada triunfal y urgentemente obligada al suplicio del hurgueteo donde me envía San Pedro para echarme una probadita o un remezón y buenas tardes doctor ,digo con una media sonrisa fingida al rostro blanco del doctor con delantal igualmente blanco, frío como la nieve, él me da la impresión de ser un vampiro a punto de enterrar sus tenebrosas garras, agujas y fierritos tipo crochet, no en el cuello sino en mis desventuradas encías y cavidades molares, sí, estoy muy bien gracias y con un gesto señala la butaca glacial de color verdoso, a la que arribo con cara de resignación, al tiempo que murmullo qué me hará hoy, pero el dentista al parecer de oído biónico, escucha y responde con una sonrisa: un poquitito más de sacrificio, ya casi termino con este molar, y me incrusta alrededor de la encía el fierro prensa que me hace gemir al sentir su presión. Doy vuelta la cara y el doctor con rostro de amable verdugo iza la aguja amenazadora mientras sumisa abro los ojos segura de mi teoría que dice, si abres los ojos Erika, sentirás menos dolor, abro la boca y no puedo evitar sentirme algo estúpida. Me transformo en triste cordero. Acaso ¿somos más que eso?

Rebeca llega a casa y me encuentra en pijama, con el pelo revuelto, un vaso de agua sobre la mesita de centro y un café frío encima del escritorio. ¡Tía por Dios, cómo anda! exclama seguido de un ¿Qué le pasa, está enferma? Y pienso que la Keka ignora que su tía, aunque se levante tempranísimo, acostumbra a vagar por la casa en completo desaliño, metida entre libros, compact de escritos o frente a la pantalla del PC con su vicio favorito y malévolo; un cigarrillo entre los labios, me obliga a explicarle, no, no tengo nada Keka, yo siempre ando en esta facha a menos que deba salir a algún lado y eso no ocurre todos los días y dice ah, puchas tía, disculpe, le digo curiosa, oye y qué te trae por estos lados, milagro que viniste para acá, y ella: conversar pues tía, contarle algunas cosas que me han pasado y yo, hija ¿te sirves algo? El agua está caliente, aquí tengo café y por ahí encima del microondas hay unas galletas de soda y una mermelada, la sacarina está en la cocina, le señalo todo y me quedo sentada en el escritorio sin mover un dedo, agrego, cuéntame qué te pasa, mientras la Keka agarra el hervidor y una taza, trae el endulzante y pone el café, ¿cómo va tu pega? Ya pues dime, continúo impaciente –la veo volver a la cocina y traer las galletas y la mermelada- Keka no se destaca por su aceleración, es calmada, así que resignada a aguardar que empiece a soltar las cuitas, miro como se hace un tecito del cual es fanática, casi tanto como yo, y tomando una galleta derrama mermelada suavemente. Decía que la Keka es pequeñita, es un palillo de flaca, igual se encuentra enorme de gorda, yo la veo regia pero estas niñitas de hoy siempre andan cuidándose para no engordar, que el rollito aquí y el otro allá y bueno, yo le veo puros huesos, es decir piel y huesitos. ¿Entonces?

insisto impaciente y ella: pasa tía que mi jefe ayer, en su oficina, de repente se me lanzó. El cerdo me arrimó contra la pared y empezó a pasar sus manos por mi cuerpo y yo no sabía qué hacer, me puse como tomate y me asusté tanto que solo atiné a decir   ¡Pero señor Pérez qué le pasa! y él con su cara de pergamino respondió: mira niñita, no te hagas la lesa, ¡hace rato que me andas moviendo la colita! yo insistí: ¡oiga, disculpe, pero yo a usted nunca le he dado motivo para que empiece con estas ordinarieces, está equivocado conmigo! y él continuó ¡Pero si tu eres tan linda mijita y te vistes tan bien! ¡Pero niña, si tú eres un bombón! Y de un golpe me zafé de sus garras, le digo, deje las tonteras y compórtese como corresponde ¡Usted es el gerente y yo necesito este trabajo! Entonces él, rojo de ardor, con las mejillas tiritando y estirando la boca saca la lengua y me la muestra batiéndola, le digo, sabe, voy a ir a mi oficina y haré como que esto nunca pasó, dice despechado ¿Qué te has creído tú? venir a rechazarme, te puedo despedir si te niegas, y yo, presa de la indignación le grito ¡Despídame entonces, y lo demandaré! Él suelta la carcajada como un loco y dice ¿A quién vas a tener de testigo? Acuérdate, dice con voz bajita y estirando la boca como trompa de elefante, estamos solitos aquí y nadie sabe ni escucha nada y me quedo devastada, tomo las carpetas de su escritorio y salgo **aterrada** sin añadir nada más. La Keka respira profundo, bebe té y me observa expectante, pregunto conteniendo el aliento, ¿Y fuiste a trabajar hoy? No tía, no fui, me conseguí una licencia médica por cinco días nomás y yo con cierta preocupación le digo: ¿Qué vas a hacer ahora? Ella, arreglándose el cabello en un gesto nervioso responde: no sé, no sé. Me da *lata* volver a la oficina, pero tengo que trabajar. Quedo pensativa, le ofrezco un cigarrillo, fumamos en silencio, no se me ocurre cómo ayudarte hija, le digo, y después de un rato le suelto, como para decir algo ¿Qué edad tiene tu jefecito?, responde: no sé, pero creo que es más viejo que el hilo negro, ahí está, dile que puede ser tu padre o sutilmente que hay entre ustedes una ligera diferencia de edad, no puedes decirle: no dejaría que un perro, y más encima viejo, me tocara y me río agregando: dile que prefieres la compañía de tu gato y un plato de carne bañada en salsa champiñón sin agregado de *viejo verde*. Ella ríe y abandonando mis tonteras le digo que todo tiene solución, menos la muerte, como decía mi abuela, llegando a la oficina lo saludas gentilmente y le dices seamos amigos y en cinco días habrá pensado en el ridículo que ha hecho al intentar seducirte en forma tan grotesca, yo pienso que funciona ¡No puede ser tan imbécil! Búscale por el lado bueno. Igual le debe dar temor que tú le cuentes a algún colega, diciéndole a uno, de a poco se extiende el chisme y no creo que le apetezca quedar en ridículo ante todos sus subordinados. Me mira esbozando una sonrisa, media dudosa dice ¿Y si no para? Mira, pensemos que va a parar y si no, lo invitas a un motel, vas al baño, dejas la puerta abierta puedes hacer cualquier ruido desagradable, luego sales, te pones delante de él y eructas. Ya me imagino al vejete desnudo sobre la cama anhelando besar los labios de la chica y su repentina cara de asco. Un arrebato de locura, eso funciona, añado convencida y aseguro con cara seria, o bien, puedes mirarlo con cara de decepción y decirle: los he visto mejores, o, ¿qué pretende hacer con tamaña pequeñez?, río como salvaje al imaginar la situación, -es solo *webeo* querida- y continuo, te aseguro que se le desaparecerá el ímpetu de inmediato. Ella ríe a carcajadas, tía qué loco, espero no llegar a eso, y yo, mira, trata de arreglarlo a la buena, yo creo que el vejete reaccionará bien, siempre y cuando no sea imbécil además de abominable.

35

Treinta años de fidelidad y el amor aparece en la vida de Marcela. Marcela, pelo rubio teñido, contextura normal, tez mate, rostro de sesenta, mujer trabajadora, en su espíritu trabajador destaca su sangre alemana, comerciante creativa. Me ha llamado esta tarde para invitarme a un evento, aprovecho de decirle "te encuentro distinta Marcelita". Es mi costumbre el uso de diminutivos, sobre todo si es alguien a quien estimo en demasía, para mí que algo te pasó o te está pasando, el otro día te divisé y te vi diferente, cara alegre, blue jeans, inconcebible en ti, siempre tan formal, responde, tienes razón, algo sucedió, una fantasía que nunca había tenido ¡Ajá! Ya decía yo, y ella sigue, conocí a un varón, qué bueno, me alegro por ti, con razón te vi rejuvenecida el otro día, eres otra, y fíjate que es ejecutivo de una empresa donde fui a comprar unos materiales de construcción. Ahí lo conocí y nos vemos todas las semanas, señalo: tienes el elixir que te hacía falta, y agrega: mira Erika, nunca en la vida había sido infiel a mi marido – me parece que alguna vez te lo mencioné- imagínate, él lleva treinta años enfermo, ya ni me acordaba del sexo, dice riéndose feliz. Suena como una niña con un juguete nuevo. No me digas, expreso incrédula, porque treinta años son treinta años, una vida casi ¿Cómo podías vivir sin sexo? Entregada a mis cosas, ya sabes, los negocios, el cuidado de mi marido, los hijos, la casa, en fin, no falta, además el campo me da harta pega también, yo sigo, pero cuéntame cómo pasó todo, Marcela da un suspiro y con voz muy tranquila responde, sin previo aviso, ha sido fantástico y tiene cuarenta años, veinte menos que yo, vaya, qué bien, Marcelita sigue, le pregunté ¿Por qué me eligió a mí, que soy una veterana al lado de él? y ¿Sabes lo que me dice?

106

Que soy preciosa, que le gusto, que me quiere y que la edad no le importa nada. Y yo con mi ataque de curiosidad le pregunto: ¿oye y es casado, separado o soltero? y responde feliz: ¡es soltero! es decir separado y vive solo, así que no tenemos problemas para estar juntos, ríe como chiquilla de quince y yo me contagio de su alegría ¡Ah, Marcela! nos juntaremos y seguiremos copuchando y ¿Sabes? Eso del evento, agradezco la invitación, pero estoy un poco aislada, tengo unos problemillas que resolver y ella, espero que soluciones tus atados y ya nos encontraremos, chao. Quedo pensativa luego de cortar la conversación. Infidelidad, causa o consecuencia de la crisis de pareja, es vivida como una de las peores traiciones, en general se piensa que el infiel es el culpable, con todo, la infidelidad es solo el resultado de la crisis y ésta no es solo sexual, pues el cónyuge infiel buscará aspectos que su pareja no le brinda y estos pueden ser intelectuales, sexuales, físicos y emocionales. Es notorio que no existan soluciones o fórmulas sociales para enfrentar el conflicto y éste sea llevado a la sombra de la sociedad. Lo asombroso es que Marcela era de la opinión que "eso no puede pasarnos nunca, que las mujeres u hombres que lo padecen son unos tontos, que el amor es para toda la vida o al menos hasta que la muerte los separe. Siempre es al otro a quien le sucede, pues es una especie de muerte. El tema de la infidelidad, de los amantes o de las relaciones extra conyugales, es uno de los puntos de partida para exaltar o desvirtuar a la familia y al matrimonio, como el rector del statu quo, ideal, sólido e invulnerable, manifestaba sabihonda y segura ¡No es decente ser infiel!", decía enérgica. A veces me caía pesada la pobre. Mientras expulso el humo del cigarrillo y boto la ceniza en el platillo del té le pregunto qué le pasó con la teoría. Al parecer no funcionó, ya decía yo que no hay que decir de *esta agua no beberé*, la decencia se puede ir a las pailas. Hay que pensar que una de las causas de infidelidad femenina es el abandono a que son sometidas las mujeres por sus cónyuges. El marido de Marcela lleva treinta años enfermo y ella al fin y al cabo es mujer, un ser humano, carne y huesos y corazoncito: Marcela acaba de aterrizar a la realidad y la realidad es que todos podemos caer tarde o temprano... El amor real no es ni la felicidad, ni la pasión sino la compañía y la colaboración entre dos seres a fin de crecer y solucionar conflictos, incluida la infidelidad, lo anterior no siempre se logra, pues existe el prejuicio que discutir es pelear, que la diferencia es fricción y dificultad o bien enemistad, y de que todos, hombres y mujeres, lo sabemos todo. Aunque ellos creen que saben mucho más. Y el otro punto digno de mencionar casi como un refrán es que todos y todas, cual más cual menos, necesitamos un amor romántico. De pronto imagino un espléndido cuarto de baño, rosas y velas alrededor de la tina y a María Belén masajeando con delicadeza mi espalda. ¡Soñar no cuesta nada! suena demasiado cliché, pero ¡Es real!

Mi nieta pasó a verme, efusiva me besa al saludarme y pregunta: ¿mamá, puedo quedarme a almorzar? Isa nunca ha dejado de llamarme mamá, pese a que le he dicho que soy su abuela y así debe llamarme, le digo que sí mi niñita hermosa, papas fritas y unas vienesitas te preparo enseguida, en el *refri* encuentras yogurt déjame uno a mí y al decir si *abueli* con voz de regalona saca un yogurt, va al living, enciende la tele y grita mamá, quiero jugo. Es mi nieta mujer y la mayor, siento por ella un amor especial, la crié hasta los siete años ¿Cómo no sentirlo? Hoy tiene nueve años. La Isa ha arrojado la casaca encima de un sillón, la mochila en el suelo, los zapatos en la alfombra, se encuentra recostada en el sofá, con las piernas, (enfundadas en una *ballerina* gris), una sobre la otra, ya se ha devorado el yogurt, estira la boca y me lanza un beso, dice te amo, y recibe el vaso de jugo de naranja que le entrego mientras le digo voy a pelar unas papitas y ya estará tu almuerzo, feliz como niñita con muñeca nueva repite, te amo, te amo, pero ya se tomó el jugo y se acerca al computador, recuerdo que dejé el archivo abierto, me precipito a cerrarlo y pregunta: ¿por qué no puedo ver lo que estas escribiendo mamá? y yo: porque es para mayores de dieciocho y sonrío y ella me mira con ojos pícaros y dice: ¿mamá, lo que estas escribiendo tiene muchos garabatos? Respondo que no tiene muchos garabatos, solo contiene temas que no comprendería todavía, cuando seas grande vas a entender y agrego, ya *mijita*, siéntese bien y espéreme que voy a freír las papas y cocer las vienesas, obediente, como guardando su curiosidad para otro asalto responde, sí mamá, al rato insiste ¿Puedo ocupar el computador? un poquito solamente que ya te voy a servir, después de almuerzo puedes continuar, y mientras ella se sumerge en la página de los monitos, veo las vienesas, retiro las papas fritas, un poco de *mayo* y *ketchup* y le digo: Isa, listo tu plato, ella se apresura a cerrar su correo desde donde suele enviarme sus *te amo abuelita eres lo más grande del mundo*, palabras que me hace sentir contenta como pájaro volando de su jaula. Me siento a su lado en la mesa de la cocina, como una manzana de esas rojas que son un deleite, y comiendo una papa, me dice: *¿Abueli* te cuento un chiste? le digo, a ver, cuál es el chiste, la profesora le pregunta a Jaimito ¿Por qué es famoso Colón? Jaimito responde, por su memoria señorita, y la profesora le dice ¿Cómo es eso? Y Jaimito responde sí, porque en su monumento ponen *a la* memoria de Colón y río de buena gana por la expresión de su carita, mientras se aprieta el estómago riéndose del chiste. Es una niña inteligente, vivaz, cariñosa, independiente. Desde los siete años se viene sola al colegio que queda a unas cuadras de mi casa, antes la iba a buscar. La Isa es mi gran amor, nació cuando mi hijo mayor tenía diecisiete años y vino a alegrarme la vida después del golpe brutal, cuando descubrí que no hay que quemarse las manos por nadie, incluido los hijos. Pienso que ella es un consuelo del alma. En tanto termina su comida, se lava las manos, se cambia de ropa y ya con el buzo puesto, pues tiene gimnasia rítmica en la tarde, se despide estirando la mano y yo entiendo ese clásico ademán: quiere una moneda, busco quinientos pesos y le digo: esto es para la colación de hoy y mañana, sonríe y responde con su voz de niñita: bueno *abue*, sale corriendo. Sé que no le van a durar ni quince minutos en el bolsillo.

110

37

Despierto sobresaltada, son las tres de la tarde. Anoche escribí hasta las seis de la mañana, recuerdo haberme tirado en la cama con ropa y todo. Me dormí sin darme cuenta, miro hacia el velador, ni siquiera alcancé a apagar la luz. Viene a mi memoria el llamado de María Belén, llamó tipo doce de la noche. Quedamos de encontrarnos hoy en el parque, restriego mis ojos y voy a lavarme los dientes mientras me saco el suéter, la blusa, el sostén, los tiro al piso, me desabrocho los blujeans, hago correr el agua de la ducha, termino de sacarme la ropa y me meto bajo el agua. ¡Mierda! está caliente, doy el agua fría para mezclarla y me jabono rápido, pongo la cabeza bajo el chorro, una delicia refrescarse. Me digo ¡Olvidaste la *prestobarba*! Qué importa un pelo más, un pelo menos, total no se distinguen demasiado. Corto el agua, me seco con premura. No quiero retrasarme. Necesito comer algo antes de salir y reposar un poco, no me vaya a dar el ataque de colon, sería terrible, busco ropa limpia, me pongo unos pantalones de *cotelé* rojo, una blusa negra y la casaca y listo. La secada del pelo me da lata atroz. Un poco de crema en la cara, voy a la cocina, caliento agua, me preparo un té, media palta y un pan tostado. Como hambrienta, termino, saco un cigarrillo y me siento un rato. Necesito calmarme, dejar las tensiones en ese sillón. Fumo lentamente, me levanto, me lavo los dientes. Tomo la cartera, me pongo los lentes, ubico las llaves y salgo. La tarde está cálida, un leve viento me levanta el pelo, tomo un taxibus ¡Voy a tu encuentro mujer!, me digo ¿Y ahora qué? Bajo en Edmundo Larenas ¡Ahí está ella!, exclama ¡Llegas tarde, hace rato que te espero! y agrega, ya estaba que me iba, y yo hola ¿cómo estás? mientras pienso: esta actitud no me agrada, yo la he esperado muchas veces y nunca he dejado de saludarla primero, y el breve reclamo viene después... Me hago la tonta - el amor aguanta todo dicen los que saben- y callo. Caminamos, es grato transitar juntas. Los estudiantes abundan a esa hora, el pasto esta limpio y bello, unos chicos hacen acrobacias con sus bicicletas, cruzamos el estacionamiento interior, nos dirigimos hacia la laguna de los patos, se divisan unas nanas y algunas mamás jóvenes con niños en coches de paseo, el verde hace el paisaje plácido, intento tomar sus hombros, me hace a un lado y exclama: aquí no, replico ¿Quién nos conoce aquí? Hay estudiantes, gente desconocida y me dice: una nunca sabe... Molesta, enciendo un cigarrillo, nos acercamos a una banca, nos sentamos y pregunto: ¿por qué eres tan difícil? y ella ¡Difícil, no, cuidadosa! Permanezco en silencio, pregunta ¿Qué te pasa? La miro, digo que nada y la insatisfacción me embarga, algo se rompe en mi interior. Se ha hecho un hábito, pienso con amargura. Dice cuéntame algo, y yo, cuéntame algo tú. Nada relevante, todo es rutinario. Intuyo que tiene problemas, pregunto ¿Qué te preocupa?, responde, mis hijos, y yo ¿Qué pasa? y ella, cosas mías y de ellos. Entonces no hay tema, respondo, y pienso con dolor que nunca, nunca, entenderé a las mujeres. Observo que saca un cigarrillo y se lo enciendo, intento buscar un tema para romper el mutismo que detesto, observo unos chicos jugando, los miro detenidamente y de repente, girando la cabeza hacia María Belén le digo ¿alguna vez te has sentido discriminada? No, nunca ¿Por qué preguntas? respondo: la discriminación la experimenté cuando niña, en el colegio, era gorda y detesto la palabra gordita, tiene un dejo a lástima. En el liceo, porque mis padres tenían una situación económica pasable, ya sabes, al liceo va de todo en lo que concierne a las clases sociales. En la universidad porque era casada, la única entre mas de cincuenta alumnos, me mira atenta y continúo, en el Instituto donde estudié informática, me sentí discriminada por vieja, imagínate, había alumnos de dieciocho años hasta treinta y tantos, yo tenía treinta y dos. En este último

112

no fue tanto, siempre he tenido buena onda con los jóvenes, pero si analizo, la discriminación me ha perseguido, ¿y ahora? pregunta, esbozo una sonrisa y respondo: creo que me van a discriminar cuando sepan que se me quema el arroz, sonríe al tiempo que dice: Erika, las cosas que se te ocurren, agrego: será peor cuando se enteren que he estado en las *discos*, en medio de un "*coliseo*". Ambas reímos, he logrado que cambie la cara y estoy contenta. Siento su alegría. Las nubes emprenden la retirada.

38

Piensa en mí cuando sufras, cuando llores
también piensa en mí,
cuando quieras
quitarme la vida, no la quiero para nada,
para nada me sirve sin ti.
Piensa en mí, Isabel Pantoja.

Es sábado, el día glorioso, el ansiado en que te veré. Al fin a solas en las cuatro paredes del secreto, olvidar el callejón sin salida, el sol que no podemos ver a menos que paguemos con la vida. La noche mágica se aproxima, esa noche que nos permite apagar la distancia de tres semanas. Sábado, me sirvo un desayuno que apenas digiero imaginándote en mi pecho, bañada de penumbras. La mañana invernal eterna, sin prisa se viste de rayos tenues. Tiemblo ante el frío y me arropo con un pollerón, deseando su abrazo. Consulto el reloj y las agujas parecen no avanzar. Un golpe en la puerta, el cartero entrega un sobre, lo recibo y me despido. Busco en la agenda el número telefónico del departamento en la playa que nos aguarda, debo confirmarlo. Nerviosa con la preocupación marcada en la frente quito mis lentes, ¡esto de que no te sirvan para ver de cerca es un lío! Con el número en la mano me dirijo al teléfono y pienso ¿y si no viene? El número y las dudas surgen gigantes, hacen colgar el auricular y retrocedo al comedor, veo el diario del día, lo hojeo y la cabeza envuelta y llena de ti, de esta espera recopilando desencuentros, atormentada por los misiles pasados y el corazón se agita como campana al viento. Vuelvo al teléfono, te llamo y ocupado, ¡Qué desastre! Vuelvo a las últimas noticias, Margot se confiesa, el bochorno de Ballero ¡Estupideces! La corriente banal del país queda reflejada en las notas periodísticas, los chismes, el rating, los reality, la danza de los millones y la parafernalia del show business. Este es Chile. La una de la tarde, hoy no voy a almorzar. Camino hacia el dormitorio y tomo el libro *El peso de la paja*, la trilogía memorialística de Terenci Moix, busco la página en que quedé la noche anterior, leo unas cuantas hojas, tu rostro me sonríe. Sigues metida en mí. Me levanto y vuelvo al teléfono, te llamo y ¡Oh! Milagro… me respondes ¿Estás lista?, ¡qué rico! ¿Adónde nos encontraremos? ¿Te parece X o te parece Y? Bien, en *Pizza Hut* nos encontramos. Sí, sí, confirmo, y me quedo, relajada, feliz. Sonriente tomo la chaqueta y la cartera, acomodo el celular, reviso la billetera. Se han marchado derrotados los Goliath que me acechaban. Es sábado y al fin te veré.

Entregar capa y espada fue lo que hizo Ignacio, el personaje de la novela de *Baily*. Traicionado por su hermano y mujer, el final me hizo llorar. El sacrificio es extremo para un ser humano que doblegando su orgullo abandona totalmente su ego y perdona finalmente a ambos entregando una lección. He llorado como una plañidera ante la grandeza de ese personaje creado por este controvertido escritor peruano. Me he cuestionado si sería capaz de un acto de tal naturaleza. Perdonar la infidelidad ahora que estoy como un maniquí en la vitrina oscura de mis cuatro paredes, sintiendo esta inercia como resultado de un error de alguien querido. La Javi se fue de lengua con una profesora que resultó ser amiga de una escritora con quien somos muy unidas. Cómo no pensar que debo cuidar la imagen por mis hijos, mis nietos, mis padres. Me ha defraudado y no podré perdonarla, siento que no tiene excusa. Vuelvo mi rostro hacia el espejo que muestra la desdicha, mi debilidad y ese ego que consideraba apagado por los ataques de esta selva y sus animales de garras mortíferas, amenazantes al máximo en su propia ansia de poder y reinado. Me entristece, soy, sin quererlo, ególatra a pesar de lo sufrido. Se resiste el alma al perdón y vuelvo a verme mujer desolada, integrante de esta jungla, arrogante y desconsiderada. No estoy orgullosa de este sentimiento y he ahí mis lágrimas, mi confusa cabezota y este desgano, castigo de mi propia idiotez. Recostada en la cama, medito en mis reparos y justificaciones, y no viene a la mente la respuesta, las enormes nubes no dejan ver horizontes nuevos. Claro, si soy producto de esta sociedad impregnada de un materialismo y apariencia que detesto. Sin embargo, aquí estoy, en un círculo del cual no logro escapar, la fórmula se mantiene sin resolver. Una a una, las justificaciones vienen desde mi cerebro, brotan como la mala hierba. Sacudo la cabeza al tiempo que bebo un combinado, a ver si aclaro las ideas, si salgo de la apatía, de este estado casi catatónico, el cual mantiene una posición irresoluta, marcada por un ego al que no encuentro como derrotar para experimentar la libertad. Sin emitir palabra alguna, no dejo de recriminar a la Javiera. ¡Cómo es posible, querida amiga, que te atrevieras a comentar MI sexualidad con una extraña!

40

Ayer fue un estrambótico día para la pacata sociedad chilensis. En el programa Vértigo de "Chilevisión" apareció la primera pareja de lesbianas de nacionalidad argentina que contrajo matrimonio. En el intertanto, las cantantes pop Christina Aguilera y Britney Spears, sorprendieron al público que asistía en Nueva York a la entrega de los premios MTV cuando, en una actuación junto a la singular Madonna, se fundieron con un beso en los labios con la reina del pop. En un evidente homenaje a la carrera musical de Madonna, Spears y Aguilera salieron al escenario vestidas de novia entonando los acordes de "Like a virgin", una de las canciones que hicieron famosa a la provocadora artista. La sorpresa llegó al final de la canción, cuando apareció la protagonista del homenaje: Madonna, con el pelo recogido y vestida con pantalones y levita negra. La reina del pop descendió lentamente por una gran torta nupcial, que formaba parte del decorado, y se unió a las jóvenes estrellas para cantar con ellas unos compases del tema Hollywood. En un momento de la interpretación, Madonna se acercó a una de sus máximas rivales profesionales, Spears, y le dio un beso en los labios, bajo la mirada atenta de Aguilera que, segundos después, recibió otro. Será real este destape o es una chispa, una sola y maldita chispa de libertad, pienso. Confieso que la entrevista no me gustó, esa entrevista a las mujeres argentinas recién casadas, no fue consistente, careció de solidez, fue muy breve para mi gusto. Además, vamos avanzando como tortuga, tal como le plantee a Consuelo la otra vez. Faltan líderes, una organización unificadora. Creo que en realidad no existen porque no hay unidad, estamos igual que los practicantes de una religión o los miembros de un partido político.

La vieja lucha del poder o la discriminación entre los propios discriminados. A veces discuto de estos dos asuntos en foros y siempre llego a la misma conclusión: la falta de unidad entre nosotros y sobre todo cuando en estos encuentros participan también heterosexuales, que por alguna razón todavía tienen asumido que ser gay o lesbiana es algo raro, pero que quieren pasar como comprensivos y respetuosos. Siempre acuden al argumento de que la sociedad no está preparada. Si es así, entonces nuestra labor es prepararla enseñando, educando. Hay un viejo refrán olvidado: "la unión hace la fuerza". Sin eso nada, el destape no significa nada concreto.

41

Hoy, en el momento que me preparaba para ir a la cama, llamó Roxana. Me invitó a salir. Vaya, no esperaba que llamaras después de tanto tiempo, dije, y eso fue lo que alcancé a decir, ella replicó un rápido, prepárate, paso a buscarte en veinte minutos. Sorprendida ante ese imperativo ni siquiera pensé, subí las escaleras y me arreglé rapidísimo, en un dos por tres estaba lista, cepillándome los dientes solo atinaba a decirme, por qué no le dices que no quieres salir, por otro lado pensaba que no salía desde hacía tiempo y una escapada para charlar no me vendría mal. Sonó el teléfono y la voz desenfadada de Roxana exclamó: ¡Erika, estoy afuera, apúrate! Apagué el computador y dejé una luz encendida. Salí a su encuentro, una Roxana pequeña, delgada, ojos verdes, de pelo rubio, me esperaba en el auto rojo, con grandes ademanes y sonrisa de oreja a oreja me saluda, abre la puerta de copiloto, me subo diciéndole oye, tú sabes, estas locuras no acostumbro a hacerlas, soy programada para salir y esto último no estaba en mis planes, y ella ¡Ay Erika! no empieces a quejarte, es viernes en la noche y la noche recién empieza, vamos a pasarlo bien, respondo, está bien. Siento el olor a trago en el auto, ha estado bebiendo, me digo, ella pregunta: ¿A dónde quieres ir? y yo: donde tú quieras. Marchamos hacia el centro y damos vueltas en Plaza España. No hay estacionamiento, damos otra vuelta y tomamos por Maipú, la calle Serrano, detrás de un enorme camión estaciona el auto y caminamos la cuadra y media que nos separa del barrio estación. Entramos al pub *Tongolele*. No lo conocía, Roxana me dice que tienen música en vivo, vengo siempre acá, te va a gustar, yo permanezco en silencio, pienso que ojalá se pueda conversar con esta música estridente, un dúo canta acompañado de una orquesta formada por chicos de veintitantos, las mesas todas llenas, el público es diverso, veinteañeros y cuarentones se observan en las mesas, parejas de pololos y amigas en grupos. La garzona indica: allá, al final hay una libre. Nos encaminamos al fondo del local y entre gritos hacemos el pedido, la hiperkinética Roxana pide un trago llamado *laguna azul* yo una Escudito, la verdad no deseo beber, pero bueno algo hay que tomar. ¡Lo que imaginaba! no podremos charlar, la música en vivo nos tiene como sordomudas, a puros gestos. Observamos el grupo, tarareamos canciones de Maná, Camilo Sesto, algunos boleros, el corito de *Treinta y un minutos*, el noticiero para niños que está de moda en la televisión nacional. Aplausos, gritos, silbidos. La fiesta se inicia, son las doce treinta, el ánimo está en pleno clímax, Roxana llama a un chico de otra mesa, comienza a conversar, coquetea con él y yo fumo, observo, me siento sola, triste. María Belén está en mi cabeza, me hace falta, la extraño, bebo un sorbo de cerveza, miro a mi alrededor y me encuentro con la mirada de una chica en la mesa a mi izquierda, me sonríe tímida, la miro, sigo fumando, observo los coqueteos de Roxana ¡Esta no tiene remedio! No hay pantalón que se le arranque, según su propia confesión, después que se separó ha tenido un montón de amantes, me digo: tiempo perdido. Quedo muda, miro el letrero colgado sobre la barra, dice *Tongo-bar,* unas guitarras cuelgan luminosas en el techo, las mesitas tienen carpetas rojas, encima velas del mismo color, nos sirven palomitas de maíz saladas, comienzo a picotear. Miro a la chica a mi izquierda y nuestras miradas se encuentran, sonríe coqueta, yo le respondo la sonrisa, es agradable, tiene algo sexy, me atrae, es joven, tendrá veinticinco o treinta, me inclino por los veinticinco. Pienso: lástima, demasiado joven, Roxana a soltado a Marcelo, el chico con quien coqueteaba, ahora se acerca otro muchacho que le enciende el cigarrillo, claro, ella le ha pedido con un gesto que se acerque, es una fresca pienso, el encendedor lo tiene en su mano derecha, lo oculta, este chico confiesa veinticuatro años, Roxana dice: tienes la edad de mi hijo y lo besa en la boca, está caliente me digo, vuelvo la mirada, la chica me levanta las cejas y yo sonrío, enciendo otro cigarrillo, Roxana pide otro trago, me ofrece otra cerveza le respondo no, me basta con esta, me pregunta si quiero comer algo, no, gracias, comí en casa, ella pide una tabla de carne ¡Mierda!, se le dio vuelta el trago ¡Queda la mesa empapada, nos cambiamos, justo se desocupó una al lado derecho de la chica que quiere algo conmigo, sigo a su izquierda, me mira de reojo, mueve los hombros al compás de la música, la chica se las trae, pienso, mientras respondo a su mirada y esbozo una sonrisa, la chica que la acompaña se levanta, se acerca a mí y dice: estás triste y yo le digo que sí que lo estoy, y para mis adentros pienso, María Belén me tiene así ¡Incompleta!, quieren iniciar una conversación conmigo, difícil, la música entorpece toda charla. La fogosa de mi amiga ha pedido otro trago, del mismo, le dice a la garzona que nos atiende, y sin pedírselo me compra una cajetilla de cigarrillos, entiendo luego el por qué: mis cigarros se humedecieron al darse vuelta su trago, sigue con Carlos, besos y lenguas y yo paciente pienso que debí quedarme en casa. Roxana está ebria. Busca una tarjeta para entregarle a Carlos, saca todo de la cartera: Billetera, lentes, papeles, celular, dinero, mucho dinero desordenado, me doy cuenta que Carlos está interesado más en el dinero que en ella, ¡Pobre! no se percata, el tipo quiere aprovecharse, le digo al oído, Roxana, no muestres la plata, ten cuidado, ella guarda todo, corre el cierre de su cartera al tiempo que me dice ¡Cuídamela tú! Y la deja sobre mis piernas, la Roxana es terrible de peligrosa y se lo digo, oye, te pasaste mujer, eres demasiado peligrosa, suelta una carcajada, todos me dicen lo mismo. Carlos regresa a la mesa con sus amigos, ella se acerca a mí y me susurra ¿Quieres jalar? Imperturbable le digo no, nunca lo he hecho y menos ahora, replica ¿Por qué? tengo diabetes, le digo, drogas no, me gusta harto el copete pero si no me cuido sueno como tarro. La chica se va con sus amigas, me acerco, le pregunto el nombre, Shirley me dice y sí, la conozco de algún

122

lado, con razón parecía cara conocida, le entrego una tarjeta, me mira y la guarda rápidamente antes que sus amigas se den cuenta. Vuelvo a la mesa, Roxana está mal, me fastidia verla así, pienso que no se quiere nada, le digo, ¡Vámonos, es tarde! Me mira con enojo, yo con cara de perro: ya, vamos, insisto, quiere matarme, lo percibo en sus ojos y yo pienso ¡A la cresta! Aquí mismo peleo con el famoso Carlos que de nuevo está agarrado a ella, me molesta verla en ese estado, odio a Carlos, quiere aprovecharse de la situación, ¡Qué tonta la flaca!, la cagó, está por darme el ataque de furia ¿Y cómo me voy a casa si no tengo plata? Me confié en la Roxana, ni una moneda para taxi, micros no hay, ni soñarlo. Son las cuatro de la mañana, queda poca gente y las mesoneras pasan recogiéndolo todo, muestran la cuenta, están malhumoradas, estas flacas, a esa hora, cansadas, pienso ¡Cómo les dolerán los pies! Toda la noche para acá y para allá, Marcelo, que ha ido al baño, retorna con cara molesta, se sienta al lado de Roxana, quien está en otra con el detestable Carlos. Marcelo se despide de mí, está enojado con Roxana igual le dice, te llamaré, Carlos espera con cara de idiota, interesado, claro, carne, plata y motel gratis ¿Qué macho no? Se va con nosotras, en ese instante me entero y le digo, Roxana, con este chico no, no me da confianza, Por qué no, dice con cara etílica, me callo, esta no entiende, qué saco con explicarle, le paso las llaves del auto, se tambalea al caminar, le pregunto: ¿podrás manejar?, dice, claro que sí, yo me la puedo, en peores condiciones he manejado, me encojo de hombros resignada, subimos al auto, Carlos al volante, por recomendación mía, confío más en él para conducir, al menos no está tan bebido. Me instalo atrás no sin cierta desconfianza por el aprovechador de Carlos, pido que por favor pasen a dejarme a mí primero, debo llegar a casa, Roxana no entiende, pero en su ebriedad se dio cuenta que estoy furiosa y que posiblemente nunca más vaya a salir con ella. ¡Y tiene razón!

42

Esta noche fue de película. Bardan y Victoria Abril, los sexo adictos de "Entre las piernas" me trajeron a la memoria viejísimos pasajes de juventud, y a Matilde, la amiga diez años mayor que yo, aquella que estando casada y con dos hijas se enamoró de la profesora de inglés. En ese entonces me confesaba: Erika, te juro que nunca antes había sentido algo parecido, esta profe, la profe de la Pepa, ya sabes, me enloquece, me dilata las pupilas, me moja solo con tomarle las manos, es algo tremendo, ¿Dios mío, qué voy hacer? preguntaba horrorizada refiriéndose a su exaltada calentura provocada por la no muy regia -al menos para mi ojo escrutador- profesora, pero al parecer sensual y atrevida mujer que ponía turnia a la Maty, quien solía decir: esta mina me tiene sexoadicta, y luego poniendo los ojos blancos, exclamaba ¡Es tan rica! Yo la observaba sorprendida, creo que puede ser rica, me decía a mí misma, es mujer ¿Pero tanto? Y la miraba dudosa y ella que te juro Erika, ningún hombre me ha hecho tan feliz en la cama, figúrate ¡Que me ha vuelto multiorgásmica! Tiene manos profesionales, ni qué decir la lengua, es una delicia y suspirando fuerte quedaba con los ojos pegados al libidinoso recuerdo de su "profe". A decir verdad nunca le creí mucho, tanto jolgorio, pensaba, es una alharaca y le sonreía con la característica hipocresía chilena, es decir, hacía la que creía y me mantenía mutis. Cada vez que nos veíamos, que no eran muchas, no dejaba de expresar la divina locura que estaba viviendo, según sus propias palabras: "Germán no tiene ni idea", mientras soltaba la risotada para agregar: "si llegara a sospechar, seguro que al imbécil le da infarto. Y yo veía a Germán trabajando como estúpido por la "Maticita", enamorado hasta las uñas de los pies de su mujercita, baboso empedernido, regalándole al mes dos o tres frascos de perfume francés, llevándola de fin de semana a Buenos Aires o Punta del Este, comprándole el auto que la "Maticita" quería, llenándola de atenciones y lujos y pensaba, vaya mina con suerte, no sin un dejo de envidia. Como decía, los protagonistas de la película me hicieron recordar a la Matilde, a la que nunca le creí mucho de todo cuanto se ufanaba, pero confieso que fue un craso error, me percaté de que su cuento con la profesora era verídico al enterarme por amigos comunes que había dejado a Germán solo con sus hijas. ¿Producto de qué? obvio, de la sexo adicción en que la envolvió la dichosa profesora de una de sus hijas. La Maty se fue de Concepción y de Chilito lindo junto con su teacher, nada menos Vía *Braniff* to London.

43

Mujer fumadora, ex bebedora de piscolas, más por imposición que por elección ¡Cómo echo de menos las piscolitas! Las que tomábamos en los carretes, en esas secretas picadas de bohemios, cuchitriles llenos de humo y mesitas desplegando *pitucas*. El tiempo de las pichangas con harta mayonesa, mortadela huacha y ají rojo, ese que te hacía salir lágrimas. Y esta soy yo ahora, transformada gracias a la princesa, en una nostálgica de las noches, aquellas donde la charla y las tallas abundaban, permanecíamos unidos, olvidados del mundo, de este planeta que consume, en el consumo despiadado, el espíritu. Se ha perdido la noche de las bromas y las charlas existencialistas, las *vaquitas* para pagar el consumo, siempre demasiado alto para los escuálidos bolsillos de artistas del tercer mundo. Con suerte había unas piscolas sentadas en la mesa del típico mantel rojo a cuadros que caracteriza a las picá del nocturno penquista. Nos ha cambiado el panorama, por lo menos a aquellos hambrientos de letras y vivencias, nos hemos puesto viejos y viejas, las comadres se la pasan con guateros encerradas por la ola de frío que este año ha dado duro a los huesos. Algunos ya pasaron los sesenta y otros, los jóvenes acompañantes de esa época desaparecieron entre pitos y carretes cerveceros, porque las chelas nunca faltan para los chicos seudo- intelectuales, aunque no tengan plata para el pasaje y los puchos. Aquí estoy en el encierro, la soledad de la que no quiere ser infiel ¡Cresta! qué complicado, de la puerta de la casa para afuera no fallan las ofertas, de sexo, copete, marihuana y polvos mágico, poemas y locuras y hasta de jale, pero quién quiere aferrarse a la realidad inventada para gozar los días, a esta altura, al mirar la foto añeja del carné y con la carestía de los medicamentos, mejor cuidarse, el riesgo no se corre como antes, a portarse bien para alargar los años, en tanto disfruto con el único placer que me queda; escribir hasta la madrugada para soñar despierta un mundo nuevo. Dejar correr las aguas de la incertidumbre. Soy ahora tan distinta de la otra... del vértigo a la templanza y todo por tu culpa María Belén. El teléfono suena y rápida contesto. La voz de María Belén me pregunta ¿Qué haces? y yo respondo: escribo ¿Qué escribes? Mi cambio, mi regeneración, aquello que creía imposible y que tú has hecho realidad, un silencio ¿En serio? consulta y yo, en serio, he cambiado desde que te conocí y ella, algo bueno hice y yo, sí, me cambiaste la vida y debo darte las gracias, estaba perdida, pregunta: ¿tanto así? Y yo, tanto así, no te imaginas lo que he cambiado, añado: mi madre te lo agradecerá, ríe contenta, me encanta cuando ríe, en realidad ella me encanta siempre, dice: llamaba para darte las buenas noches y entonces yo, desde lo profundo le digo, te quiero mucho, y ella, yo también, que duermas bien, tú igual y cuelgo el teléfono, estoy contenta. Miro mi grueso cuaderno de apuntes con el lápiz inserto entre las hojas, no puedo seguir escribiendo, dejo el libro en el suelo alfombrado, apago la luz y me pongo a pensar, es tan exquisito pensarla, puedo estar horas extasiada en ella, clavada en su sonrisa. No sé de tiempo, vienen a danzar las mariposas, a cantar los grillos, el reloj, la luna, la lluvia, el amanecer, las rosas florecen, la vida es atractiva y el verde se conjuga con la palabra amor para vivir la esperanza, miro lo escrito y me digo qué cursilería. El amor hace como quiere.

44

Cierro el cuaderno dispuesta a meterme bajo la ducha, suena el timbre, me pongo la bata y mis zapatillas de perro, la última moda en zapatillas de descanso con forma de animales ¿Qué más se irá a inventar? Abro la puerta, entra Andrés al tiempo qué dice, hola y yo hola y esto, ¿qué significa? ¡Qué manera de madrugar! Replica, quise verte y si no te veo en la mañana ¿cuándo te ubico? Oye, oye, que no salgo tanto, paso como monja en claustro, Andrés se ríe y exclama ¡Tú monja, no me digas! Oye, hace tiempo que no sé de ti ¿Qué te ha pasado? Erika, dame un café, estoy con un *rollo* y yo, no me vengas con *rollos* que tengo bastante con los míos, viejo, mientras Andrés pasa directo a la cocina a prepararse el café lo sigo por el pasillo y pienso que está cada día mas amanerado. Mi joven amigo es un caso excepcional, lo conocí en un evento literario y nunca hemos dejado de vernos, es incondicional pese a su extrema juventud, perfectamente podría ser su madre. Un día llegó a casa para confesarme, previo rodeos y dimes y diretes respecto a la poesía, con las mejillas rojas, que era gay, y yo mirándolo en silencio le acaricié la cabeza, le revolví el pelo y le dije: algo sabía, las malas lenguas nunca faltan y agregué, te quiero, viejo, lo que el ignoraba que estaba confesándose con alguien de la familia, pasado el tiempo y a raíz de algunos poemas de mi autoría y que había leído pese a las dudas que tenía, un día me preguntó si era less y yo no pude mentirle, asentí afirmativa, el tomó mis manos y las besó, me conmovió ese gesto, suele decir que a la única less que soporta es a mí, no entiendo, le digo, siempre le pregunto por qué y él me responde: me siento cerca de ti, eres diferente a las otras, las otras son feas, tú eres linda y yo acostumbro a reír ante sus palabras siempre halagadoras para mi ego latente. Tomo la cajetilla de *Belmont light,* me siento en el living y enciendo un cigarrillo, Andrés entra al comedor con la taza en una mano, un pedazo de pan con mermelada en la otra, me mira, yo espero que revuelva el azúcar y le digo: dime entonces, toma un sorbo de café cargadísimo ¡Qué atroz como te matas la guata! digo, él ignora mi comentario y dice: Erika, estoy con problemas en el colegio, mis compañeros se burlan de mí, es más, ayer un guevón me empujó a propósito y me dijo ¡Defiéndete marica! Delante de un montón de compañeros que se mofaron de mí. Hoy no fui al colegio, no quiero volver, suelta las últimas palabras con rabia contenida. Andrés está terminando el cuarto medio y le replico: no puedes hacer eso, tienes que terminar tus estudios, dice que no soporta más, no aguanto, a veces quisiera suicidarme, me apresuro a decirle, por favor no digas esas cosas, debes luchar. Él, me dice: mis hermanos se ríen de mí, mi papá mejor ni te digo, aunque ya bien lo sabes, tengo pésima relación con él, el mundo es una mierda, quiero morir, ir al colegio me da miedo, no tengo amigos, de un tirón ha vomitado todo lo que amarga su joven vida, lo tomo de los hombros luego de apagar el cigarrillo, le acaricio las orejas y le digo te quiero Andrés, insisto, debes ser fuerte y salir adelante, esa es tu lucha, me mira con los ojos llenos de lágrimas, es difícil, continuo, lo tengo claro, pero no puedes dejar el colegio por una tropa de estúpidos ¡No debes dejar que te destruyan, busco en los bolsillos de mi bata un pañuelo desechable y se lo extiendo y digo tal vez debieras entrar a un liceo nocturno pero jamás, entiende, jamás dejar los estudio, ¿Qué harías? ¿En qué trabajarías? y otra cosa mijito, debes fingir, cuidar tus modales, tienes que tener cuidado, no hay que provocar a los homofóbicos pero no por eso vamos a vivir ocultos, es triste, bien lo sé, al despertar cada día antes de salir, debes ponerte la máscara es como un cuchillo en pleno vientre solo que daña el alma. Él escucha atento, está achacado el pobre, me digo, él pregunta ansioso: ¿tienes un antidepresivo, un tranquilizante o algo parecido?, y yo le pregunto, ¿los tomas a menudo?, responde con un sí y añade que se le acabaron, dame de los tuyos, y yo busco en el estante los antidepresivos que utilizo, mientras le digo: no te tomes uno entero, tómate la mitad, no te vaya a hacer mal. Temo por Andrés, me da miedo que pueda hacer algo contra él, miles de jóvenes se han suicidado en el mundo por el temor al rechazo, las burlas, en fin, la discriminación nadie la detiene. Me dirijo a la cocina por un vaso de agua, se lo extiendo con una sonrisa, el me mira cariñoso, quiero a este chico, me digo, podría ser mi hijo, no tiene madre, vive con su abuela y sus hermanos no son tales. Se toma el antidepresivo y le digo que se acueste en el sofá, y voy por una frazada para que intente dormir, descansar y recuerda que aquí tienes una amiga, insisto, responde: gracias mami, al tiempo que se saca los zapatos y se estira, lo arropo y le pongo un cojín bajo la cabeza: duerme Andrés y olvídate por hoy del mundo y los rollos, que esos no faltan nunca, yo haré lo mismo. Me dirijo al dormitorio, me meto en la cama, me olvido de la ducha. ¡Hoy no me levanto!

45

Carolina se quiere casar, me queda claro, la miro, colorina y delgada, manos pequeñas, nerviosas, ojos marrones, cuarenta y seis años, muevo la cabeza de derecha a izquierda, de izquierda a derecha, ella fuma el cuarto cigarro desde que llegó a verme, yo permanezco de pie al lado de la mesa de la cocina. Es un deseo válido en toda mujer al estar enamorada, desear una familia, tener hijos, pero en Carolina es algo altamente peligroso porque ella ya es casada y tiene hijos grandes, si mal no recuerdo Felipe tiene veintitrés y Braulio diecisiete. Expulso unas volutas de humo que no entorpecen el largo silencio que se ha producido entre ambas, me digo que *Ana Karenina,* lo dejó todo por amor y terminó en los durmientes, aunque la persona malamente enamorada, camina por el precipicio todo el tiempo contemplando el "salto al vacío" como única alternativa ante la búsqueda alucinante de algo que llama amor aunque no sabe lo que es. ¿Puede ser Carolina la afortunada o será otra desgraciada? De súbito Carolina dice, me quema el temor, me calientan la cabeza las dudas, únicamente que yo no dejo nada, solo un pasado que me oprime la garganta y reúne lágrimas e impotencias, como un bastón inservible se presenta a mis ojos el pasado. No puedo llorar por el pasado, ya no más, quiero darme una chance, no puedo llorar más, sin embargo me duele esta asfixia, este grito mudo, por mi cómo decirlo, ¿debilidad o cobardía? No respondo, continúo sumergida en mis pensamientos: el miedo a la libertad resuena en mis oídos, la Jany me lo comentó el otro día. Aquí tienen el resultado chiquillas, ustedes, las jóvenes, escúchennos si es que pueden, ojalá tengan orejas de elefante y la boca cerrada y olviden escupir al cielo porque terminarán atrapadas, el dilema se agiganta en el transcurso de los días, se extiende a nuestras pupilas, ustedes no se cieguen ¡Hay que pensarlo bien antes de tirarse al abismo! El matrimonio no viene solo con camas por hacer, hijos que cuidar, lunáticos que soportar, tareas, carreras al *super*, elásticos para el billete. Se viene más pesado, con una buena dosis de machismo, otra de incomunicación, otra de infidelidad, mil peleas, varios kilos de antidepresivos, ocasos multiplicados ¡Cuídense! Y no se quemen que de ollas no viene solo acompañado el matrimonio, y no es el fuego de la cocina el quema, este no se cura con telitas de cebollas, ni aceite, ni agua fría como recetan, no dejen de leer a *Fromm* . Eviten ser masoquistas, que ni cuenta se da una como llega a serlo. Busco en el refrigerador una Vital, bebo largamente y suelto: mira Carolina, tú eres una mujer madura, una sola pregunta ¿Estás segura que eres correspondida? Apaga el cigarrillo con firmeza al tiempo que asevera: sí, lo estoy, él me ama, y yo digo: tú y yo sabemos lo que es el matrimonio, separarse para amarrarse otra vez no me parece conveniente, pero si hay amor mutuo –con todo lo que implica- seguro que funciona, me mira con cara esperanzada al tiempo que dice con voz de niña ¿En serio? Añade: yo creo que sí Erika, que funcionará, voy a poner todo de mi parte –típica expresión de mujer criada en familia patriarcal- entonces agrego con voz grave: no sólo tú, deben ambos y recalco "ambos", deben poner de su parte y sigo más suave ¿Claudio sabe que quieres separarte de él? Responde, sí, hace dos semanas que se lo dije ¿y? pregunto, ella sigue, casi le dio un infarto, me miró con ojos de loco, no le cabe en la cabeza, pero igual reconoce que las cosas hace tiempo no marchan bien, la rutina nos mató hace años y ahora conocí a Rodolfo y lo quiero mucho y yo insisto ¿lo conoces bien? Ella responde -casi con impaciencia- creo que sí, pero querida, no basta que creas, tienes que estar segura, entonces afirma convencida, lo estoy, asombrada de su seguridad interrogo: ¿entonces cuál es el drama hija mía? y dice cabizbaja, tengo miedo, ya te lo dije, tengo dudas ¿Y quién no las tiene? pienso y digo en voz alta: Carolina, hay que correr el riesgo, te cueste o no hay que correrlo, agrego: si te quedas estática puedes arrepentirte y morir como una flor, si cruzas el río puede que te mojes los tobillos un poquito, pero lo habrás intentado y si resulta, mejor pues niña, no puedes estar así ante la aparición de tu amado ¿O no? No soy quien para aconsejarte en algo tan importante, una amiga sí, pero puedo equivocarme, elige la vida que quieres y alégrate mujer, el tiempo que dure bien vivido será, algo que nadie podrá quitarte serán los recuerdos y ellos valen la pena. Digo lo que siento, ella lo sabe, me ofrece un cigarrillo y lo tomo, le enciendo el suyo, le   pregunto si desea un cafecito, responde que sí con una sonrisa en su rostro, me haces sentir algo menos de temor, pero lo tengo Kika, te aseguro que no sé cómo sacarlo de mí, pone sus puños en el pecho. Le sirvo el café humeante, le ofrezco azúcar o endulzante, agrega una cucharadita de azúcar y digo, cree en el amor amiga, solo cree y déjate llevar, hago una pausa, miro el cielo azul desde la ventana, bajo los ojos y agrego mirándola, quizás no requieras casarte, tal vez es mejor convivir, pero no dejes de creer en la fuerza del amor. Carolina se toma la cara y limpia con sus manos unas lágrimas al tiempo que exclama: no sé qué tienes tú, pero siempre te las arreglas para hacerme llorar, soy una amiga, respondo dulcemente. Ella suelta una carcajada y dice no, no –mueve sus manos de un lado a otro frente a mi rostro– eres la peor enemiga ¡Tú eres una malvada!

46

Camino al encuentro de María Belén. La lluvia cae incesante, molestosa en su indefinición, apesta, detesto estas nubes indecisas, si van a llorar que lo hagan de una buena vez me digo, limpio mis lentes con un pañuelo desechable guarecida en una galería. Cruzo la calle rumbo al Quick Biss, las cunetas están inundadas, pienso este es Concepción con sus contradicciones; moderno estacionamiento subterráneo y sin desagües en las veredas de la ciudad. Empujo la puerta del café, diviso a María Belén sentada, fumando un cigarrillo frente a una vaso de cortado ya vacío, pienso "¡vaya! llegó temprano, qué raro", la saludo, la observo, pido otro café cortado "simple por favor" le digo a la niña que nos atiende, estoy silenciosa frente a esta mujer indefinible, una mujer que no logro comprender. Menos mal que no reclamó por mi tardanza ¡La amo! intuyo que no soy correspondida, a pesar de que está conmigo, me conformo, soy como Quijote ante ella. Acepto este amor no correspondido, soy feliz al verla, está sola, estoy sola, pero no es suficiente para mí, ha pasado el tiempo y necesito una definición. Entiendo que debo ser yo quien de corte a este masoquismo, ella mantiene una ilusión y yo dejo que juegue solo para mirar sus ojos. Me hago la imbécil, jamás le pregunto si me ama, sé la respuesta, no me ama, no se entrega, es fría, ¿entonces por qué extraña razón la amo? Habla de sus hijos, la escucho, me cuenta que salió con ellos el fin de semana, que se relajó, que tomó mucho sol, disfrutó la playa. Medito mientras la escucho atenta, ella tiene una familia, yo tengo despojos, estoy sola, me sostiene la ilusión, el sueño de que ella alguna vez me corresponda. Vacilo en esperar, a veces estoy a punto de dar el corte a esta situación, no quiero migajas y estoy como los perrillos, pienso. Sigo escuchándola, me pregunto por qué he soportado tanto sus indecisiones, sus plantones, sus atrasos. La amo, me respondo, y quedo desarropada sin entender el por qué, con grandes signos de interrogación grabados en mi frente - casi los veo como gigantes tatuajes en mi piel- Pasa que me cuelgo a sus llamados repentinos, a esa fugaz preocupación que muestra, pero me siento insatisfecha, honestamente creo merecer más amor, consideración, más respeto. No me ama, pienso, y el pecho se me llena de angustia, se trizan mis vértebras como una botella arrojada a la pared. Le pregunto sobre su trabajo, me contesta que está todo bien ¿Me has echado de menos? Me atrevo a decirle, responde, sí, por supuesto. Ella pide otro cortado, yo pido un té, fumamos en silencio, nos miramos, tiene una indescifrable mirada. Esta mujer me sedujo por sus ojos, reconozco que soy yo la enganchada, para ella soy una compañía más, me cuesta asumir su falta de amor, solo el eros que habita en mí la mantiene conmigo, y eso no me basta. Ya no deseo tener sexo con ella, algo esta muriendo en mí, ¿Acaso estoy cansada? me pregunto, tal vez sí, cansada de esperar, cansada de su falta de compromiso, contrario a lo que pienso, actúo y le digo que la amo, sonríe, el sol nace en sus dientes, en su boca, en su pelo. Ahora habla de su amiga la Marlen, odio a la tal Marlen, no sé, esa amiga me provoca náuseas, sus salidas a bailar con ella me indignan, nunca se lo he dicho, me callo para no alejarla, pero me duele ¡Mierda cómo me duele!, esta mujer me está rajando el alma Disimulo mi malestar ante su "amigaza", de pronto me pregunta, vamos a algún lado. Entiendo lo que eso significa, cosa extraña, le digo, tengo mucho trabajo, debo terminar un asunto y ella ¡Ah!, ya, y no pregunta detalles, pedimos la cuenta pagamos el consumo y nos despedimos con un "nos llamamos", ella toma su bus, yo espero el mío, el jarrón de porcelana con rosas de ilusión está a punto de caer al suelo, y un cuchillo corta mis venas, queda enterrado en uno de mis brazos y sangro. Otro cuchillo se hunde en mi cuello, no quiero amarte, no quiero amarte y el grito desaforado se mezcla con el viento, se hunde en las veredas, la sangre me ahoga. Un signo leve de cordura abre mis ojos que se encuentran con un vidrio azotado por la lluvia y las espaldas del chofer. Giro la cabeza a un lado y mis ojos se topan con el letrero: *Asiento solo para embarazadas y tercera edad.*

47

El día amaneció soleado, menos mal pienso, me dan deseos de salir. He estado encerrada de casa en casa, de casa a un café, de un café a casa y no es bueno, me digo, me ducho y me visto rápido antes que me arrepienta, unos blue-jeans y zapatillas, bebo un té con tostadas, tomo un libro, mi cuaderno de notas, echo un lápiz a la cartera, recuerdo que tengo que pasar a dejar unos libros a casa de Anita, los busco y los pongo en una bolsa, iré al centro primero y luego tomo movilización a Penco, iré a la playa. Salgo, un colectivo pasa en ese instante, lo detengo, me subo, paso a casa de Anita, que no está, dice la nana, qué bueno, digo para mis adentros, y en silencio le entrego la bolsa con los libros. Me voy rápido, si no la cháchara me retrasa, aunque no tengo nada que hacer, solo respirar aire puro, oxigenar los pulmones, ventilarme qué sé yo, algo. Voy por Colo-Colo hacia calle Carrera, en la esquina tomo un taxibus a esa pequeña ciudad rodeada de océano pacífico, gélido hasta doler los huesos. A cada parada, pequeños grupos de mujeres suben con algunas bolsas plásticas con frutas y pan, son mujeres de población, la mayoría van nerviosas y siento su prisa galopante, recorro con la vista la destartalada micro y la veo llena, repleta de mujeres jóvenes y de edad mediana, me digo van a la cárcel, en minutos nos detenemos frente a El Manzano – nombre de la prisión- descienden risueñas y entre bromas, es inverosímil su alegría si vemos que ver sus maridos, convivientes, hijos. No deja de asombrar el aire de su costumbre a este rito de jueves indigno. Medito en la cárcel y lo que significa el delito y las familias detrás de cada delincuente, un dejo de incredulidad me llena al pensar en el inocente trayecto casi pletórico de alegría para tan desalmado destino. De pronto recuerdo la vez aquella en que más de trescientos internos de uno de los módulos de reos comunes de la *cana*, quienes quemaron sus colchoncitos para llamar la atención de los gendarmes, tras electrocutarse en su celda uno de sus compañeros que no vivió para contarlo. Ahora queda clara mi cuasi perplejidad ante la risa de estas mujeres aparte de que todos y todas intuimos lo que significa estar entre rejas. El taxi bus parte quejumbroso y desplazo la mirada al paisaje verde y las pequeñas construcciones, en su mayoría de madera, exentas de aires modernos que se alzan hasta los cerros, el paisaje se extiende a mis ojos como un oasis. Penco tiene la cualidad de brindar ese relajo de naturaleza combinado con su gente de sencillez enguantada de paciencia, a la espera de mejores tiempos. Desciendo en la Plaza y camino hacia el mar a empaparme de brisa y calma, la playa está exquisita. Me saco las zapatillas, camino sobre la arena, apenas se divisan dos o tres personas, algunos perros en la orilla, un hombre con su carrito de maní, algunos estudiantes en la calle anexa. Respiro profundo, no quiero pensar, quiero detener el océano de pensamientos que me agota, olvidarme del mundo por un rato. No pensar en ella, en María Belén. A veinticinco minutos de Concepción puedo encontrar un poco de paz para mi espíritu. Ese día estuve más de dos horas sentada frente al mar.

48

Tengo salvajes ojos penetrantes
Tengo un fuerte deseo de volar
Pero no tengo adónde volar
Ooooh pequeña,
cuando cojo el teléfono
Sigue sin haber nadie en casa
Tengo un par de botas Gohills
Y tengo mis raíces marchitas.
Nobody home. Pink Floyd

Vuelvo al redil luego de un fugaz viaje a Santiago, la gran ciudad, para ver la factibilidad de realizar algunos proyectos para conseguir el *vil metal* que necesito, aterrizo en el terminal de buses y la ciudad se me vine encima junto con los taxistas ofreciendo aguerridos sus servicios. Son las seis de la mañana. En la puerta de vidrio me echo un vistazo y veo la cara de una mujer extraviada en el fragor de las batallas y las derrotas en la lucha, hasta ahora infértil, de la independencia, es el panorama que desalienta cuando se invade la zona agria de la cesantía y el estrecho sendero de los cuarenta y algo más, que cargas a la espalda como una joroba insoportable, donde no hay alivio ni salida, pese a buscarla incesantemente en uno y otro lado, de una y mil formas. Bajo los escalones, levanto una mano y hago señales a un taxi, se detiene, subo con mi bolso y maletín a cuestas, cruzamos unas breves palabras y la vista retoma las calles archí conocidas Camilo Henríquez, Manuel Rodríguez, la pequeña rotonda para tomar la Avenida Veintiuno de Mayo. Las calles de mi barrio popular, despojadas del tráfico de vehículos, se muestran horribles a los ojos, toda la decadencia sobreviene. Lejos quedaron los departamentos hermosos de prados cuidados de la gran ciudad, sobre todo ese hermoso departamento de Vitacura de mi amigo Alfonso, quien me invitó a almorzar. Me deprime esta realidad de clase media sin futuro, lo único bueno es que el smog casi no se nota, los edificios se presentan agónicos mientras pago la tarifa al taxista, transamos en cinco mil pesos luego de algunos tirones y me despido con un gracias y hasta luego, que le vaya bien. Busco apresurada la llave en el fondo de la cartera, revuelvo todo en la búsqueda mascullando un par de garabatos y a la vista de unos perros hurgando la basura, hago un gesto de repugnancia, es tan miserable el paisaje, tan condenadamente enfermante, la podredumbre de este barrio popular tan descuidado, y ahí está la llave que meto en la cerradura con la premura del cansancio y el trasnoche del viaje pesado y asfixiante con los mil olores de los cuarenta y cinco pasajeros del Turbus. Entro al edificio con mi carga de ropa y libros, abrigando la fatiga en mis párpados, abro la puerta del departamento, enciendo las luces y dejo todo en el piso, me dirijo a la cocina para tomar un buen café con leche. Enciendo el calentador y me arrojo en un sillón pensando, cómo detesto este lugar donde el aroma a hogar se ha marchado hace tiempo, cómo odio el desorden que dejaron la noche anterior mis hijos, visitantes esporádicos de mi hábitat, al que acuden con los amigos cuando no estoy en casa. Dejaron los cubiertos sucios, el mantel manchado con *ketchup*, las botellas de cerveza vacías, las toallas en el suelo. Este ambiente caótico asienta un nudo en la garganta y la ira me anega en el desastre, y pensar que he regresado a la glacial ciudad provinciana donde no hay lugar para soñar, Este es la región que genera mayor riqueza al país y a la vez un lugar más donde se estrangulan los sueños. El desarrollo no se ve y los temores se agrandan ante un angustioso destino que se presenta sin ninguna esperanza, como un suicida a punto de saltar de un quinceavo piso. Esta es mi casa y esta es la ciudad donde nací, el lugar donde mis hijos crecieron, el espacio donde mi vida se siente agónica, rutinaria, extenuante. Donde el sol no brilla, en especial en estado depresivo. Me levanto y preparo esa taza reconfortante de café con leche mientras trato de asumir la realidad, mi situación. Enciendo un cigarrillo para relajar los nervios, ahuyentar la ansiedad y el temor de aterrizar a un escenario execrable y que se presenta como único camino. Está claro, no soy ni un sabueso ni un terranova, la paciencia no es lo mío.

49

Es una incomodidad estos controles médicos, ducha exageradamente larga, como si el médico fuera a revisar la cantidad de suciedad acumulada en un día, lavado y cepillado de pelo con dedicación especial, como si fuera a un acto solemne, uñas cortaditas, una *pinta* levemente mejor que la cotidiana, un poco de perfume detrás de las orejas, una pulserita, los aritos regalones, una chaqueta formal, los cachureos varios, entre ellos las llaves, el encendedor, el celular, los bonos infaltables para pagar la consulta, los zapatos haciendo juego con la cartera...¿Por qué una hará todas estas burradas? pregunto a doña Soledad que como costumbre se queda muda. Al salir boto la colilla, al golpe de la puerta que se cierra, la típica pregunta al chofer ¿Pasa por Maipú con Janequeo? Jamás me acuerdo cuál línea me deja cerca del centro médico. Desciendo en Janequeo, camino lento, enciendo un cigarrillo, lo apago a medio consumir ante el portal. Entro y subo al segundo piso, pido los resultados del examen de sangre, subo al tercer piso, compro el bono para el doctor y me instalo entre la decena de pacientes a la espera de atención. Tengo hora a las cinco treinta, son las cinco y diez, ojalá que me atiendan luego, pienso, y miro la cara de aburrimiento de mis compañeros de antesala. Llaman a una mujer, luego otra, una pareja de ancianos, otra pareja más, todas al mismo médico. Son las seis, me levanto, paseo de punta a punta la sala, estoy empezando a enfurecerme. Me acerco a la niña del mesón y le digo: ¿qué pasa señorita, tenía hora a las cinco treinta y son las seis diez? me contesta ¿cuál es su nombre? se lo digo con cara de perro y malas pulgas y ella verifica mi hora en el computador, sí, pero no ha pasado nadie antes de su hora de atención, el doctor está atrasado dice, sin mover un músculo de la cara, le digo con furia contenida que encuentro una falta de respeto que hagan esperar tanto, yo también tengo cosas que hacer, y ella casi sin inmutarse contesta: sí, disculpe, tiene que decirle eso al doctor. Está bien, seguiré esperando y se lo diré al médico, con tedio, nerviosa, mordiéndome la lengua para no soltar un garabato a viva voz. Voy al baño, me siento de nuevo, pasa otro paciente y luego otro. A las seis treinta y cinco minutos aparece el médico y dice mi nombre, Erika Martínez, me levanto con cara de pocos amigos, en fin, qué obtengo con enojarme, únicamente echarme a perder el colon. Saludo al doctor con unas buenas tardes y una media sonrisa, fingida por supuesto. Le muestro los exámenes y pienso ojalá estén bien, sino aguántate el chaparrón Kika, ya me conozco de memoria el sermón... Si no se cuida pueden cortarle el dedo de un pie... después la pierna... luego la otra... Erika, no tome alcohol y no coma nada que le pueda subir la glicemia. Nada de dulces ni caramelos. Deje de fumar tanto, trate de fumar menos. Siga la dieta y no olvide tomarse los medicamentos ¡Mierda! Este sermoncito me tiene hasta más arriba de la corona, todos los meses lo mismo y le digo con voz cansada: sí, doctor, ya sé. Esta enfermedad es tremenda, con tantas prohibiciones, digo para mis adentros, y yo que me muero por comer un gran trozo de torta amor, en una de esas, este fin de semana me doy el gusto con un whiscola, y chao doctor.

Mamografía, la sola palabra me apesta. Ongolmo ciento treinta y cuatro, entro, saludo al guardia con un buenos días, consulto por el laboratorio, subo al segundo piso de este moderno edificio que solo tiene consultas de médicos y laboratorios, ingreso, entrego la orden con el bono al tiempo que digo, buenos días a la secretaria que está ensimismada en la lectura de no sé qué formulario, responde alzando la vista: buenos días y vuelve a fijar los ojos en esa extensa hoja, espero unos minutos, siempre parecen eternos, espesos, al fin dice disculpe, la atiendo enseguida, y yo pienso qué fastidio esto de tener que hacerse exámenes. Me siento, miro a las seis mujeres que esperan, esto va a demorar, cómo evitar la impaciencia. Observo a cuatro embarazadas y dos mujeres de mediana edad que esperan ser atendidas, espero que todas no tengan que hacerse la mamografía, la secretaria me habla: ¿señora, su fecha de nacimiento? agrega: ¿trae una mamografía anterior? le doy la fecha y agrego: no traje ninguna mamografía, tengo dos y se me extraviaron y ella que no importa, me digo y para qué cresta pregunta, ella continúa ¿dirección, algún teléfono? le respondo y pienso el por qué de tanta pregunta, consulto: ¿hay mucha gente esperando? y responde con voz neutra: no, usted pasa enseguida, mientras llena otro formulario con todos los datos requeridos, me pregunta si tomo hormonas respondo que sí y doy el nombre del fármaco, está lista, puede pasar, ¿adónde es? Consulto, ella me indica que es al fondo, a la izquierda, me dirijo hacia la puerta indicada, una enfermera pregunta ¿Señora Erika? y yo, sí, esa soy yo, pase detrás del biombo y sáquese la ropa de la cintura para arriba, hago lo indicado, me da frío, quedo con los senos al aire, cruzo los brazos sobre ellos. La enfermera me lleva ante la máquina imponente, póngase de frente, tome la mama izquierda con su mano izquierda, ponga la mama derecha en el vidrio, la cabeza hacia la izquierda, en tanto me arregla los rollos de la guata, me toma la pechuga derecha, me da cierto pudor y pienso, no sabe a quién le está tocando las mamas esta mina, su mano es cálida, agradable, se asegura que esté bien derecha, pie izquierdo hacia el lado izquierdo dice que no me mueva, no respire, aprieta un botón y la parte superior de la máquina baja hasta dejar mi seno como una gran sopaipilla, apúrese, justo al tiempo que me dice que está listo, ahora la otra y el mismo procedimiento, pero ahora es la mamografía del seno derecho, cuello doblado hacia la derecha, pie hacia la misma dirección, repite la instrucción: no se mueva, no respire ¡Cresta, duele este examen, cómo duele! me pregunto ¿Cómo lo harán las mujeres que tienen los pechos pequeños? Pobres, debe ser más complicado y doloroso para ellas. Listo, vístase señora Erika, obediente voy tras el biombo, me pongo el sostén, la camiseta, la polera manga larga, la chaqueta, me mira y dice: voy a revisar la mama izquierda, siéntese un rato por favor y coloca las placas de la mamografía en el visor, veo dos manchas blancas, y ella agrega: están sanitas sus mamas señora Erika, puede retirar el examen el martes a las quince horas, sonrío al tiempo que digo gracias, muy amable, me levanto. Salgo al pasillo, siento un alivio glorioso. La verdad que es un suplicio imprescindible para todas las mujeres este dichoso examen, más vale hacerlo a tiempo que demasiado tarde. Me pregunto ¿Erika cuándo vas a dejar de ser impaciente? Me pongo el gorro negro -ha empezado a lloviznar- el agua me pone el pelo crespo y no lo soporto, camino a casa miro el reloj, son las trece cuarenta p.m.

51

Guillermo me invitó a su cumpleaños. No conozco su casa, no sé dónde vive y no lo he visto en casi tres semanas, llamo a Gloria, compañera de taller del susodicho, le consulto bueno ¿Y el cumpleaños de Guillermo va o no va? y ella afirma que va de todas maneras, ¿oye, cachai la dirección? Sí, claro, podemos irnos juntas, y agrego que a las ocho en punto, no te atrases, te espero en la esquina del correo ¿ya? y   cuelgo. Me arreglo, tengo ganas de carrete hoy día, de estar con gente entretenida. Creo que voy a ser la mas vieja del cumpleaños, este chico cumple treinta años, puede ser mi hijo, pero igual iré. Salgo al encuentro de Gloria, tomamos un colectivo. Guillermo está fuera de la casa esperando a sus amistades junto a algunos de sus invitados, nos saludamos felices y gratos de vernos, le entregamos nuestros regalos, nos hace pasar. Es maravillosa, inmensa, en realidad una casona, en la terraza principal están las mesas con bandejas de canapés, ponche, papas fritas, salsa verde, qué rico, me encanta, hay sopaipillas, dulcecitos con crema, adiós la dieta -me digo - qué bien huele todo, el ambiente es agradable, rock argentino, *Soda Stereo,* música siempre buena al oído. Saludamos a los otros invitados, ex compañeros de colegio de Guillermo. Nunca había estado en una casa llena de tantas *guevadas*, jarrones por todos lados, plantas, hiedras en el techo, una pila de adornos en cada rincón, en el suelo, en la mesa, colgantes hermosos, pero un poco recargado para mi gusto, pienso que esta casa debe carecer de amor por eso está tan llena de cosas, no hallan cómo ponerle calor de hogar. La casa me parece helada, inhóspita, entre tantos jarrones se huele la falta de amor fraterno, filial, la calidez humana la posee solo el simpático y agradable Guillermo. Un ponche para empezar, conversaciones, algunos chistes, la música buena, la Keka trae un pito, los cabros quieren fumar, nos vamos al cerro a unos pasos de la casa de Guillermo. La vista es maravillosa, se ve el río Bío-bío y las luces del camino a Santa Juana, es formidable cómo resaltan en el paisaje, al otro lado del río, las luces multicolores de un restaurant mexicano, junto a la luna redonda y blanca. La Keka enciende el pito, nos ponemos en círculo, Guillermo sigue con las *pitiadas*, luego Esteban. La Gloria no quiere, yo tampoco. No estoy para pendejadas, pienso, la Mónica termina con el pito. Paseamos un poco por el cerro, nos quedamos junto a unos árboles observando el amanecer, fumamos unos cigarrillos y entramos a la casona de nuevo. Nos instalamos en el living ¡Chucha qué hace frío! dice la Mónica, Pablo está congelado, hacía menos frío afuera que adentro, oye Guillermo, dice la Paula, abre la champagne que trajo la Erika. Guillermo esta *raja de volado,* bueno entre volado y curado, va hacia la terraza y se demora como una hora en volver con los vasos de champagne, tropieza y casi se cae, se salva la bandeja y la champagne. Han pasado unas horas, de repente aparece Guillermo y dice: mi papá dice que tienen que irse, veo la hora, la una y cincuenta de la madrugada, llamo a Gloria y pedimos un radio taxi, justo llega René, viene a ver a Gloria, ahora no se quiere ir, oye, tenemos que irnos, no podemos quedarnos, le explico que el viejo de Guillermo está con la idiotez, vino a cagarnos la onda, debemos irnos, el mino que de *mino* no tiene nada, al menos para mí, insiste: vamos a casa de Pablo y mira a Pablo para preguntarle con la mirada. Éste dice, no tengo problemas, vamos a mi casa. Me empiezo a poner furiosa, entiende, nosotras estamos de acuerdo, nos vamos juntas en taxi. René insiste, con sus ojos redondos me mira a través de los cristales de sus lentes al tiempo que dice: oye, pero por qué no quieres ir a casa de Pablo, es tu amigo ¿no? pregunta y yo sí, Pablo es mi amigo, pero a esta hora tengo sueño y frío. No tengo ganas de ir a su casa y Gloria se va conmigo. Pero yo quiero estar con Gloria, mira, lo siento, llegaste a la hora del coco,

147

nosotras estamos aquí desde las nueve y el tipo insiste, cargante. Me esta enfureciendo, me vuelve a mirar y pregunta que por qué no quiero ir a casa de Pablo, que Gloria quiere estar con él, y suelto, ya impaciente, y que tal si te digo que me eres desagradable, el tipo abre los ojos redondos, no puede creer que yo haya dicho esas palabras, me mira, sostengo la mirada impasible, ¡Qué *chucha* quiere este *guevón*! Le dio conmigo, por qué no habla con los otros que tampoco quieren ir, con Paula, Keka o Mónica, me digo: ya le dije que no lo soporto. René entra, da unas vueltas mientras yo me siento en una silla en la terraza, vuelve, se sienta a mi lado y pregunta ¿tanto así? y yo digo que sí, qué quieres que te diga, si hubieras llegado hace cuatro horas mi actitud sería distinta, pero estoy apestada y molesta, el *guevón* se calla, para de insistir, va y habla con Gloria, ella está algo molesta conmigo y me digo bueno, si se quería quedar con René por qué no lo hizo, pero no, ellos querían que todos fuéramos a casa de Pablo, aunque no era solo yo la que no quería seguir con el carrete. A la *chucha* pienso, no me importa. Llega el taxi, nos subimos y le indico la dirección. Pasamos a dejar a Gloria y le digo que me lleve a casa, antes de bajarse Gloria me dice Erika, vas a tener que acostumbrarte a ver a René si sales conmigo y quieres que seamos amigas yo le digo, chao y me quedo muda. Voy a mi casa, a mi cama ¡Nada más me interesa!

Enciendo un cigarrillo, milésimo de esta madrugada. He tomado un café con leche. Son las cuatro de la mañana, pienso en lo acontecido ¿Por qué a René le dio conmigo, por qué tuve que decirle esa pesadez? Soy una idiota incorregible. En realidad el tipo es uno de esos hombres tipo *florero* que me cargan con sus chistecitos tontos tratando de llamar la atención. El tipo se cree gran *mino*, mierda, suelo ser pesada con los hombres en general, quizás porque he vivido con cuatro hombres la mayor parte de mi vida, es decir cuatro maridos, bueno un marido y tres hijos que se comportaban como maridos para controlarme los horarios, la vida, el copete, la ropa, los amigos, sin dejarme hacer mi mundo. Quizás porque no tengo buenos recuerdos de mis relaciones con los hombres, cosa extraña porque cuando me casé no quería tener hijas, solo hijos. Mis mejores amigos son hombres, casi todos gay. Otros son picaflores empedernidos, como Sebastián, sin embargo con él tenemos una relación muy especial, un gran amor nos une y siempre estamos comunicándonos por teléfono para saber como esta cada uno, mala pata que viva en Viña del Mar, me digo siempre. Andrés y Rafael, amigos verdaderos, con sus problemas de hombres gay, entrañables en su amor y honestidad. Mujeres, pocas realmente amigas y han pasado muchas por mi vida, tantas que apenas recuerdo sus nombres, Ximena, Laura, Carmen, Gabriela, Consuelo, Isabel que ahora esta radicada en Australia, Virginia que está en España y otras cuantas de Concepción y otras ciudades, con quienes he perdido contacto. Algunas, cuando les dije que me atraían las mujeres, se alejaron. Bueno, esas no eran amigas. Pienso que tal vez mi pesadez se reduce a que no fueron buenas experiencias las que tuve con ellos, los hombres. Cuando tenía cuatro o cinco años, un amigo de Clara la visitaba y me llevaba al enorme jardín de esa primera casa antigua que conocieron mis ojos, levantaba mis vestidos y bajándome los calzones me ponía el pene en la vagina y eyaculaba, Yo no entendía nada, me acariciaba la cola y las piernas. Lo paradójico es que nunca ni mi madre ni hermana se dieran cuenta. Al recordarlo, me parece extraño que yo no dijera nada, y ahora que han pasado los años, lo recuerde. Años más tarde, el hermano de una amiga de mi mamá hizo lo mismo. Creo que yo tenía como siete años, borrosos recuerdos vienen a la memoria pero ahí están, marcando mi vida, respondiendo a duras penas a la interrogante que me asalta esta madrugada. Reflexiono sobre mi desprecio hacia la mayoría de los hombres, creciente en mi adultez, esa falta absoluta de respeto. Rara vez lo inspira un ser del sexo opuesto, en especial si lo caracteriza el machismo. Esos que suelen decir que el lugar de la mujer está en la cocina, y los otros que hablan mucho, que se llenan la boca con sus conquistas y cuentan todo lo que hacen con las mujeres, que se las tiran por atrás y por delante. He conocido tipos tan bajos. Son pocos los que tienen mi admiración, siempre he odiado ser mujer objeto como las pinturitas de la tele o las conocidas que no faltan. De ahí deriva mi falta absoluta de pretensión. Además, siempre he pensado que si alguien la aprecia a una debe ser por lo que ve en el alma, no por el físico ni por lo material, sino por el corazón y el intelecto. En realidad vivo en una galaxia, en otro mundo, siempre ha sido así. No comprendo tampoco el afán de riqueza de la gente, cuando me doy cuenta que su vida gira en torno al dinero y a las apariencias, las rechazo. No me llevo con las mujeres que viven *pelando* a las nanas, hablando de la suegra, de comidas exóticas, hombres, minos y ropa. No entiendo la charla banal pero tampoco me considero grave. Soy complicada, lo reconozco, tengo mi mundo donde el amor por quienes me rodean es el principal ingrediente combinado con franqueza y solidaridad. Escasas palabras en estos tiempos de consumo, rivalidades y envidias solapadas en el tráfico de la competencia. He sido por años una extranjera, alguien en busca de su destino en noches de veinticuatro horas. Apago el cigarrillo, bebo el último sorbo de la taza amanecida. Apago las luces. Finalmente voy a dormir.

53

Hoy es martes, las veintidós p.m. Entro a la casa, el edificio esta silencioso, me muevo como saeta a la cocina tomo unos *kiwies*, los pelo y ¡mala pata! Suena el citófono, viene a visitarme mi hijo mayor. Entra, nos saludamos con un beso, pregunta qué haces, mientras yo entro a la cocina respondo: como fruta, me sigue y come unos *kiwies* ¿Qué cuentas?, le pregunto. Mientras me dirijo al PC, siento sonar el condenado teléfono, sorpresa, mi nieta la Isa llama porque necesita un mapa económico de Sudamérica, le digo sí, mañana te lo envío, iré y lo haré, sí, sí, lo aseguro, recuerde, ¡la quiero mucho!, hay que salir adelante, no se me porte mal, sea obediente que la quiero bien, y hasta mañana, que duerma bien, yo sigo en el teclado pegada para enviarle algo, otra cosa más, unos monitos y postales que le digan lo mucho que la quiero. Mientras el Rey dice quería verte, abre una bebida y se come un sándwich. Este niño vive muerto de hambre, me digo, en tanto continuo batallando por algunos proyectos en el teléfono, acordando citas y reuniones varias con algunos conocidos como si tuviera la fuerza de elefante, como si fuera David y todos los Goliat se destruyen a mi paso, y no saben que soy débil que me cuesta subir la cuesta no por los kilos de más, sino porque a veces siento que la fuerza ya no está como antes, que la energía se fue hace rato acompañada de los cuarenta, o quizás en el llanto, en tanto aguante, y mi hijo, el Rey, baja y enciende la TV, y permanece impávido mientras me observa a medias. Conversamos en la mañana por teléfono. Instalado a mis pies, sobre la alfombra, me interroga por mis socias, y yo con esa impaciencia mía que le pregunto a qué se debe tanto interés por ellas ¡Qué me importan los negocios que no han resultado con esas socias de Santiago! Mamá cuándo estarás de humor, me pregunta, y yo: no sé hijo, es que parece que todo se complica, por favor, te ruego me entiendas hijito, agrego: oye y tú, onda que viniste a puro comer, responde no mamá, cómo se te ocurre, quise venir a verte, a preguntar cómo están tus cosas, para que me ayudes, ya sabes, sigo sin trabajo. Lo miro y pienso que esta agonía es como el cuarto oscuro de la disco gay, donde no se ve nada. Me rompo los sesos sola, le digo ¡Qué cresta hacemos hijo! Me mira callado el Rey, como le digo a Reinaldo, está también desanimado, tomo su cabeza, le hago cariño sí, lo abrazo como si fuera un bebé, beso su nuca, le digo es mortal la incertidumbre del cesante sin embargo no podemos darnos el lujo de flaquear.

Reflexiono en silencio, y como mujer no solo tengo que ser fuerte, sino que dar la dura pelea, es cierto que las cosas han cambiado para la mujer, no obstante por razón de género, debemos ser y hacer mucho más que el hombre para obtener algún logro en cualquier ámbito de la sociedad.

Sara me trae el desayuno, cambió la tarde por la mañana, no sé por qué razón, algún problema tendrá. Tan temprano le reclamo, estuve trabajando hasta las cinco de la mañana, ah, yo no sabía señora, vuelvo después. No, ya me despertó, me tomo el té, voy a salir, pero antes cómprame una tarjeta para llamar por teléfono ¿Y cuál sería?¿Esa naranja? – pone cara de duda - La del otro día, le digo, recuerda, la que da más minutos, está bien, me dice, voy enseguida, insisto, no, no tengo apuro, pero la quiero para antes de almuerzo. Tomo la sacarina y dejo caer cuatro tabletas al té caliente. Mientras lo revuelvo, pienso, sí, hoy la llamo. María Belén viajó a Valparaíso a ver una tía enferma ¿Por qué no me llama ella? Las justificaciones corren por mi cabeza, igual la llamo, yo necesito escucharla. María Belén, siempre preocupada del qué dirán. Tu cuerpo esta apretado a mí, tomo tu cintura y tú rodeas mi cuello, eres tan mínima y tan grande a mis ojos, a mi piel, te abrazo fuerte para impregnarme de ti, no dejo de soñarte mi niñita.

Por el auricular escucho tu voz y el cielo resplandece, río y ríes, y empezamos a contar los días, para mirarnos y saber que somos mucho más que dos, como la canción de la Sandra Mihanovich del poema de Benedetti que nos identifica. Me dices ¿Viste la película que te dije?, y yo respondo, no, si acá no está todavía, recuerda, esto es la provincia, todo llega más tarde, *El pianista* no está en video –en ese tiempo existían las casas de arriendo de videos- y tampoco ha llegado al *Cinemark*. Consulta si me porto bien y yo, sí, me porto bien ¿y tú?, como sea te extraño del día a la noche y estoy escribiendo mucho, y dice ¿nuestro cuento o el mío? de todo, le respondo ¿Me quieres? interrogo, responde te quiero, un abrazo, muchos besos. Millones de besos resuenan en el teléfono. El amor es tan difícil de entender, nos lleva de la alegría a la angustia, de la confianza a los celos, de la risa al llanto, del deseo a la ternura, y ahí vamos en el carro de los caballos blancos, volando juntas no sé adónde. Solo que voy contigo amor y eso basta para seguir viviendo ¿Estas depresiva? Entonces somos dos. Los hijos nos duelen con sus incomprensiones, o agobian con la duda de haber hecho bien o no al continuar junto a ellos y a su padre demasiados años, pese a la falta de amor y dignidad. No nublemos el pensamiento, sigamos, hay que salir del túnel y recoger la brisa de nuevos amaneceres. No dejes caer la copa de la fe, de la esperanza, no la dejes caer pues con ella caigo yo…O las dos, hay que abrazar la plenitud, amor, algún día, debe haber algún día para nosotras…

De nuevo he extraviado los lentes, sí, tengo la cabeza loca, entre tanto papel, idas para allá y para acá, unos trámite y esos telefonazos. Ella no ha llegado, me pregunto qué hace tanto por esos lados. Está bien unos días, pero ya lleva dos semanas en Valpo. Ella ronda en mi cabeza y Valparaíso –ciudad que amo- convertido en enemigo, me trastorna, y estos deseos de verla, la prisión de nuevo con sus barrotes aprisionando, envolviéndolo todo, la noche, el día, el tiempo. El tiempo que se arrastra como un triste gusano y parece lejano el día del reencuentro. Y voy perdiendo las batallas. No hay solución económica, sin trabajo, con este negocio inmóvil que trastoca los nervios, los planes, los sueños. Sin embargo, carente de dinero, la incertidumbre, el vacío, adónde vas Erika. No podemos vivir de pan y cebolla.

El insomnio, las idas y venidas a la cocina, un té, un pedazo de pan o un plátano, el cigarrillo multiplicado en la ansiedad, las vueltas en la cama azotan la columna, mientras aumenta la jaqueca y el colon explota, y este dolor de tripa y ese hijo de puta con la soga en mi cuello o la navaja en la venas amenaza el presente, el futuro y a nadie le importa. El mundo gira y parezco un robot al levantarme, entonces viene bien la ducha larga para despejar el torrente de ideas, de memoria y echar a volar los sueños frustrados. La relación con María Belén es la raíz de esta tensión que agudiza la espera y maltrata la psiquis. Voy a tomar el taxi bus, olvido las llaves, pienso retroceder y me digo adelante, ya verás cómo te las arreglas al regreso. Estoy retrasada, se pasó el micro, el viento, la lluvia, mierda, casi caigo al tropezar en el hoyo infeliz de la calzada. Al fin, un desgraciado tiene la decencia de parar su *cacharra* a media cuadra, luego de aletear como una loca frenética, corro hasta alcanzarlo. Algo de suerte, me siento en el primer asiento y ya tranquila, María Belén llena mi cabeza, y vuelta a esos bichos de los recuerdos, la insensatez, ese milagro de amor que te torna ¿En qué te torna?

¡Cuándo se te va a ocurrir de nuevo buscar pareja en una disco! El martilleo de esta frase me emputece, la vida me emputece, el silencio, la hipocresía, debo tener cuidado, la traición es el fantasma ¿A quién le conté mi cuento? ¡Dios! No debí, a esta hora el arrepentimiento no sirve de nada. Todo está hecho, me bajo del taxibus, acomodo el sombrero, camino rápida, el maletín me pesa, los papeles, el día, la gente…

54

Seguro que estás pensando que no te recuerdo y te equivocas, tu rostro viene incesante a mi memoria mientras aguardo tu reacción a mi mudez, a esta penumbra dada a mi sentir, como castigo autoinferido, mi silencio clama por ti y te tengo en mi regazo, en la llama de mi canto, de mis prisiones guardiana, de este completo y total desmayo que se alza como una tregua erigida, la prueba ansiada y temida de nuestro estar y ser. Vida de mi vida, los viajes, los anhelos, las horas acumuladas de espera y desazón, cuelgan en este puente de silencio, donde mis manos no logran alcanzarte ni mi oído te escucha. Mi pluma de poeta en la candidez, cesa su trabajo para abrir nuevas fuentes. Nuestra galaxia duerme, el planeta se detiene, el cosmos se detiene. Existirá una brújula que indique la ruta a seguir, es preciso, es el tiempo. Y en un acto de valentía levanto el teléfono y te llamo desde esta Concepción glacial. Escuchar tu voz alivia el desencanto, rasga la neblina, borra el apagado canto, rompe las saladas gotas y la tregua continúa con plazo incluido, y vuelvo a ser el vigía entre la espada y la pared, dispuesta a dar lo único que posee, la rosa inmortal depositada entre mis pechos para la consumación de nuestros sueños en el ritual del amor.

55

Este domingo una nueva discusión se ha dado entre Javier y yo, cómo no, dijo, en el café nos encontramos y concurrí con un humor de perros -Te voy a rebajar la pensión, te estoy dando mucho- mi reacción no se hizo esperar, ya sabía que algo parecido dirías ¿Cómo se te ocurre bajarme la pensión? Ya sabes que estoy sin trabajo estable. Al menos espera a ver que me afirme con algo que hacer y él dice Erika, eso me lo vienes repitiendo hace tiempo y yo no puedo seguir dándote la cantidad mensual, es mucho y yo quiero viajar a Estados Unidos para ver un trabajo, tal vez me vaya a vivir allá, le digo: no sé Javier, entiendo tus deseos, pero no puedes dejarme como barco a la deriva, adquiriste un compromiso y como hombre de honor debes cumplir tu palabra. Javier queda mudo y replica luego de unos minutos, mira Erika, yo lo siento, debo rebajarte a la mitad la pensión y continúa, hablaré con mi abogado, y yo pienso, ese maldito tinterillo me tiene harta y digo veremos si puedes hacerlo y responde claro que lo haré, tú debes trabajar y no permanecer ociosa, respondo no soy ninguna ociosa, solo que mi trabajo no es remunerado en este país, ya sabes, la literatura no la paga nadie, expresa – con cara agria - no voy a mantener un bicho ocioso como tú y tus amigotes y amigotas. Estoy enfurecida, tomo mi cartera y me voy sin despedirme ante mi violencia, al pararme de la silla casi la arrojo al piso, el mozo me mira con cara de sorpresa. Me importa un carajo, pienso, y me dirijo a casa, subo a la habitación y buscando precipitadamente un lápiz y un papel, que al fin encuentro, me siento a escribir sin pensar, únicamente con la imagen del malhechor en mi mente, muy exaltada, escribo: avasallante ante el hermetismo que provoca, como la espada del machismo en la garganta, así has de verme en la revancha renacuajo, seré la tormenta más aciaga, el fuego destructor desde tu nuca a los pies, con la lentitud de la tortuga para hacer tu pena más profunda. Mi mudez será exponencial a la tuya y sobre este suelo que piso - donde te crees soberano- y te declaras triunfador, volcarás llanto y derrota. Un solo principio desde hoy tengo, ser más fuerte que tú ante las largas y continuas humillaciones a que me sometes y ante esa prepotencia que sueles alzar como bandera patria. Seré mas digna y serena, apabullando tu altanería y la vileza del poder con el que intentas aplastarme cotidianamente, tal si fuera una rata, ignominia que no justifico ni perdono, vano será tu clamor. Estás vencido, de tal manera te enceguece la soberbia que te impide ver la verdad. Eres como uno de esos locos fanáticos que libran una lucha que ya otros ganaron. A fin de cuentas, he crecido y te guste o no, viviré como me plazca y no me rendiré. Podrás controlar la cuenta telefónica, los gastos del día, la pensión miserable que me das, pero jamás la libertad de pensar y escribir. Esa es mi victoria, tengo algo que nunca podrás robarme ni siquiera prohibirme y por ello te digo: estás acabado pobre bruto, recoges lo sembrado por tu mano, lo pisoteado por las plantas de tus pies. Releo las palabras que escribí y emito un suspiro de alivio, experimento una ira vencida, instante de triunfo. Esta es la llave, mi secreto poder: ESCRIBIR. La fortuna que Javier nunca tendrá. Y una amplia sonrisa se dibuja en mi rostro.

56

Quiero una vez,
y otra vez,
y otra más...

Padre sol, Sandra Mihanovich

María Belén llegó de Valparaíso. Salimos. Esta vez nada de café ni cafés enmascarados, arrendamos un departamento con una suite fenomenal. Me carga usar mi *depa* para estas cosas, de repente llega alguien, uno de mis hijos o mi nieta, y nos encuentra, sería demasiado desagradable, por tanto en un edificio céntrico, a un par de cuadras de la Plaza de Armas, tomamos la habitación con servicio incluido: unas bebidas, unas galletitas de chocolate, unos sándwich de jamón con palta. Estaba ansiosa y yo ídem. Sin muchos preámbulos ni conversaciones previas, hicimos el amor, en las olas de la habitación nací nuevamente abriendo los ojos al mundo en el goce de los acelerados corazones que latían en nuestras piernas, tendida en la gran cama, abracé su cuerpo sagrado, nos amamos con suave ternura, besé sus pechos, sus hombros, su cuello.

Tocarla, y sentir que la amaba cada vez que mi tacto daba con su piel, era una sola emoción. La besé desde su frente hasta alcanzar la finura de sus pies. Subí lenta hasta su pubis, su *papay* y luego hasta su pubis, palpé su *papay* humedecido y puse mi lengua en su clítoris, hasta que llegué a succionarlo con fruición, anhelando ardientemente que tuviera un placer de diosas. Mis dedos volvieron a recorrer la humedad de su pequeño sexo, mientras María Belén, bella entre las bellas, se estremecía, seguí rozándola con la lengua y luego subí hasta alcanzar su boca y luego resbalé hacia sus pechos blancos, pequeños, hermosos, los mordisqueé con suavidad, ella temblaba, y yo ardía, descendí de nuevo, uno de sus vellos quedó entre mis labios; lo saqué, al sentirme quieta me preguntó qué pasaba y yo respondí, "algo en mi boca", nos reímos, seguí besándola, tomando sus muslos, extasiada con el aroma del goce puse mi cabeza entre sus piernas, la sentí estremecerse, quería que acabara, toqué reiteradamente con mis dedos su entrepierna, mi lengua insistió sobre su clítoris, yo sentía que estaba a punto de alcanzar el clímax, le pregunté cómo está, y respondió en susurros: falta un poco, me ayudaba levantando su *cola*, mi lengua seguía en ella, llevada por el torrente de la pasión hasta que exclamó: ¡Esto es el cielo, cariño mío! Cariño, cariño, repetía y yo seguía besándola, tomando su nuca entre mis manos amándola como el pájaro azul que soy cuando la tengo mía. Ella reía. Reía a carcajadas, prontamente se abrazó a mi cuello y sucumbí en el mar cálido de su cuerpo. *Cuerpo de mujer...blancas colinas...*capitana de mis versos eternamente. ¡Oh querida mía, mi querida! y un gemido salió de mi garganta arrobada y enternecida.

57

He llegado a casa. Nunca había sido tan feliz como el día de hoy. Estuvimos juntas todo el día y María Belén fue cariñosa, alegre, vivaz. Me sentí correspondida. Caliento agua para un café, me hace falta luego de beber Coca-cola casi todo el día. Miro la hora, son las veintitrés treinta de la noche. Enciendo el televisor, voy al baño, dejo correr la ducha tibia, un buen chorro será lo mejor para dormir, luego del intenso juego amoroso. Me desvisto y me ducho largo, el agua está a punto, exquisita, cae por mi espalda y pechos, me refriego con el largo cepillo verde, me froto las pantorrillas, la espalda, los brazos. Salgo del baño con la bata puesta, voy a la cocina, tomo un café, un cigarrillo, veo un poco de TV, está aburridísima, la apago, me siento, y digo: estoy enamorada. La convicción profunda de estar enamorada me provoca una cierta sensación de miedo, es la segunda mujer en la vida de la cual me enamoro y la primera vez no tuvo un final feliz, amé tanto a la Francisca, con devoción extrema, fidelidad y entrega absoluta, creo haberlo dicho antes, enloquecí con ella. En ese tiempo empezaron las mentiras para mí, para el resto, para los que me rodeaban. Pobres mis hijos, en especial los menores que no veían, en esos años, casi a la mamá. Yo visitaba todos los días a Francisca, hacíamos el amor –según yo- o teníamos sexo – para ella era eso- cada uno de esos días, mañana, tarde o noche, nos llamábamos siempre, no podíamos estar separadas, fue una atracción increíble. Ella, mi primera mujer, fue importante, perdí el miedo a sentirme atraída por otra persona del mismo sexo, pero las mentiras, en cierto modo me molestaban. Eran un pequeño dolor. Tanto engaño hizo mal. Apago el segundo cigarrillo de la noche. Voy a la cama.

58

adrugada del dieciocho de septiembre. Al caer la tarde llegó de la gran ciudad mi amiga Bárbara. Estuve en su casa cuando fui hace algún tiempo a Santiago, mujer atractiva, soltera, no sé qué cresta hace sola una mujer como ella, suelo preguntarme, parece que los hombres están ciegos o cada vez están quedando menos interesados en tomar un compromiso, el asunto es que me cuenta que tiene pésima suerte con los *minos* y que se acercan a ella solo hombres casados. La Bárbara es genial, buena onda, no podía dejarla fuera de este cuento, fue ella la que me animó a escribir por tanto agradecida estoy hasta las vértebras igual que de la Patricia, ex compañera de curso. Vaya una oda a la amistad porque si muchas han dejado esta barca, al menos dos permanecen firmes, calladas detrás de mis escritos, impulsando esta vieja carreta que a veces tiene las ruedas desengrasadas y caigo y me levanto para volver a caminar, tropezar, caer y levantarme nuevamente, no hay lugar para la vanidad, porque este trabajo no se hace como llanero solitario, aunque lo parezca. Y ahí está la Bárbara recién llegada y durmiendo. Tiene su cuento. Alguna vez fue casada y al tiempo descubrió que su marido era gay, un ejecutivo de una empresa nacional. Tiene su vivencia amarga. La otra cara de la medalla no se puede ocultar. Víctor paulatinamente se fue mostrando, solo que ella no quería creerlo, cuenta que un día se puso su abrigo de piel y le preguntó ¿cómo me veo? tú estás loco, sácate eso y él giró sobre sí mismo para dar unos paso de modelo y sonriente y burlón se sacó el abrigo dejándolo sobre la cama, tiempo después lo encontró probándose un vestido y maquillado. En el registro quedó como broma, una mala broma, pero lo peor no venía aún, se fue dando con el tiempo: burlas, golpes, malos tratos, hasta el quiebre definitivo cuando ella se convenció que no podía seguir viviendo de esa manera y él se resistía a perderla para conservar su imagen de ejecutivo impecable. Bárbara terminó yéndose de la casa. Tuvo que dejarlo todo. Después, ya separada y yo sola, nos conocimos en Santiago a través de un amigo en común, y preguntándome por mi poesía le pasé un libro, leyó unas páginas, me quedó mirando fijo, entonces interrogó ¿Eres *less*? Y yo no quise mentirle, estaba harta de mentiras, y respondí un escueto sí, fue entonces que me dijo: mi ex marido es gay. Esa vez charlamos mucho y la amistad se ha fortalecido en el curso de los meses. Enciendo un cigarrillo y bebo una *piscola*. Bárbara duerme, yo escribo.

59

La bandera chilena ondea en varios edificios y en el frontis de las casas. Celebración de fiestas patrias. Ha pasado la avalancha de gente invadiendo las tiendas y el mall para comprar la ropa nueva. Comprar ropa en los días previos al dieciocho es una antigua tradición que la sostienen los afortunados, los *cuicos* y los que tienen trabajo, aquellos que tienen el metal, o esos que se encalillan hasta la punta del pie con las famosas tarjetitas de crédito para tener la pinta nuevita para bailar la *cueca* y la salsa que no para de sonar en estos días tal, parece el *folcklore* de añadidura, o la cueca es la *galleta* conociendo a la sociedad chilena extranjerizada al máximo o ir a la disco con el último *gancho* por compañía, o la parentela *endieciochada* bajo la improvisada fonda en el patio trasero de los barrios populares, o el quincho de la *cuiquería* penquista en las casas del barrio alto. Un ponche, los anticuchos y el asadito a la parrilla, cualquier invento viene bien para salirse de madre con unos buenos copetes a la salud de los compadres. La Bárbara fue a casa de otra de sus amigas. Hoy me toca un asado en la casa de Pablo, asunto de convivencia buena excusa para chacharear y escapar de casa, allá vamos todo el grupo de compañeros del seminario de publicidad. Nada sé de ella. Ha pasado una semana. No estoy segura de sus sentimientos. Las dudas no terminan de erosionar mis sesos, de agobiar el ser. La extraño. No quiero perderla, aun cuando estoy segura que no me ama. Es lo que siento. Hoy quiero pasarlo bien, olvidarme del planeta tierra y sus indecisos habitantes enigmáticos e incorregibles que hacen que esta susodicha circule por los días como *loro en el alambre*. Voy con ganas de tomarlo todo, de conversar, de bailar y hasta de fumar un *pito* o una *aguja*, como llaman a un flacuchento *pito*, si me da la gana. Pese a mi deseo de pasarlo bien, llego a la celebración con cara mustia, todos han empezado a beber vino tinto o *chelitas*, me sirvo dos vasos para el tono perfecto de la cháchara, un par de chicos hacen de chef, la música de *Serrat* gira en el ambiente, las tallas van y vienen y comemos hambrientos, las chelas chorrean tanto como los brindis y de postre un café y luego el *pito* que alcanza para todos. Es la una de la madrugada y el rock argentino *Virus y Soda Stereo* arde entre pitos y cigarrillos, el *Cochiguaz* y el *Alto del Carmen* se escancian en largos vasos, el asado sobrante, extremadamente bermellón, para mi gusto –motivo por el que me dediqué a comer la rica longaniza de Chillán- yace en la parrilla que da sus últimos estertores, los platos usados colman el lavaplatos, y los ceniceros gimen colmados de colillas. El humo nos envuelve, la libertad baila como trompo en las caderas, hay que olvidarse de las penas, soltar los grilletes de la esclavitud del empleo y las largas jornadas o la cesantía o males de amores. Algunos se van, los menos nos quedamos, los justos y necesarios para botar juntos las malas vibras y cantar a todo pulmón hasta las seis de la mañana, hora en que los ebrios volados se tiran en cualquier parte a dormir: en el sofá, el sillón o una de las camas del segundo piso, todo se empapa de sudor y olor a borrachera, y los otros, los de *tiro largo* nos quedamos de conversa con un té en la mano, dispuestos a rematar la noche con un reponedor caldito *Maggi* con huevo caído y todo. Lo pasamos muy bien.

60

Renata estaba en la cola de la caja trece del supermercado. Me acerco al ver que sonriente me hace señas para que vaya hacia ella, exclama linda, pero tanto meses sin saber de ti. Yo le digo que no he tenido tiempo de llamarla, que tengo mucho quehacer. La deslenguada y pintarrajada Renata de la Maza me dice que tiene un cuento con un *mino* la muerte y que tú Erika te desapareciste del mapa. No sabes lo que te perdiste. Figúrate que después que te enojaste conmigo por las leseras que hablé, conocí a una mujer y es mi polola, yo deseaba un pololo nuevo y lo encontré. Lo pasamos bárbaro. Yo, sin ganas de aguarle la tarde le pregunto: y tú marido, qué es de él. Responde ni te digo, el *ganso* ni cuenta se ha dado y yo duplicándome para que no sospeche, corro de la casa del mino a la de la mina, apenas veo a los cabros, agrega victoriosa, con decirte que el fin de semana largo nos fuimos los tres a Buenos Aires, si supieras cómo lo pasamos. Yo pienso que prefiero estar con mis rollos *incertidúmbricos* en casa, que paseando contigo por las tanguerías bonaerense, o por el obelisco. ¡Ay! Erika, si te contara, habla con desparpajo, le hago una seña para que baje la voz, la gente no ha parado de escucharla. No está ni ahí. La Renata es una cabra loca, pero una cabra animal. Bisexual, esposa, mamá y abuela, tiene un cuerpo de treinta, es tan femenina que nadie se da cuenta de su condición ambigua. La conocí por la red cibernética. En ese tiempo tenía un pololo y quería que yo fuera la tonta útil que me prestara a sus deseos de tener un hombre y una mujer, aparte de su marido ¡Qué frescura de mujer! Esta dama tan *pituquita* y miembro honorario de la *cuiquería* penquista (un club muy reconocido por su extensa labor social) me deseaba de pasatiempo. Lo más cómico fue cuando me invitó a un pub a beber unos pisco sour con empanaditas, al *Treinta y tantos*, y me sugirió coquetona que tuviéramos sexo. Me dijo al oído: oye, te cuento que yo he tenido un montón de amantes y nunca he estado con una mujer, pero creo que con una mina lograría el orgasmo, mi último amante encontró la manera que yo tuviera mi primer orgasmo haciéndome sexo oral. Lo pasé brutal. Estoy segura que si tú me haces sexo oral yo sería aún mucho más feliz. Me dio un ataque de risa –que no duró demasiado- Y le pregunté y tú crees que las lesbianas le hacen a cualquiera sexo oral. Me miró con los ojos abiertos, enormes. Y yo le dije, no *madam* está equivocada, para tener sexo oral hay que amar. Por lo menos yo. Es algo delicado que no se da con cualquiera ¿y ustedes que creen de las lesbianas? Y me empecé a encrespar, ya venía el ataque de furia en mis palabras, y continué: no sé que se piensan los *hetero*, pero los homosexuales no le andan mamando el sexo a quien se le ponga por delante. Hay una palabra que se les olvida, la palabra amor y el sexo homosexual se hace completo cuando hay este sentimiento tan degradado por los *hetero*, quienes caen más fácil en la promiscuidad que las lesbianas. No somos animales como ustedes ni tenemos mente de alcantarilla. Tenemos algo que se llama espíritu. ¡Oye, pero no te enojes tanto! exclamó cuando vio que mis palabras ardían. Yo seguía, qué se creen ustedes, que estamos para satisfacer su gozo, más respeto señorita, que no nos echamos encima de cualquiera, ni tampoco estamos para que nos tomen para el *gueveo*. Agrego con ferocidad, estás igual que los machos que incapaces de satisfacer a una mujer andan con su pareja buscando en los pub mujeres lesbianas para hacer tríos ¡Qué te has imaginado! Y Renata me dijo, no quise ofenderte vieja, cálmate. Enciendo un cigarrillo y aspiro profundo, bebo un sorbo del trago. ¡Mierda, Renata! De acuerdo a mi experiencia, existen más degenerados heterosexuales que lesbianas depravadas. Quisiera gritarle al mundo eso y la impotencia me enardece te lo juro, doy otra chupada al pucho y me tomo lo que resta del copete, le digo Renata olvídate de mí, búscate otra tonta o págale a un chulo para que te chupe el *sapo*. Y me largué sin más. Esa fue la última vez que la vi, hasta ahora. No ha cambiado nada –pienso- está más puta que nunca. Puta y coquera también, como la mayoría de los nuevos ricos que lucen la rotería en sus automóviles de veinte millones. Habla y gesticula como loca esta cabeza hueca. Le digo rápidamente: oye, voy a la otra caja, hay gente con menos carros. Y me despido rápido de esta arpía sexual.

Las cuatro treinta y cinco y ya he bebido el segundo té de esta tarde, luego de la Vital. Es tarde de agua, pienso, de aguacero por dentro y por fuera para limpiar la negrura que me embarga, cuando azotan los negros pensamientos, para limpiar el aire de la tarde penquista, nueva terapia la del agua para borrar lo oscuro de la garganta nicotinosa y los canales de la insípida ciudad. María Belén no aparece, otro cigarrillo más. El chico de pelo alborotado me mira y sonríe, le debe parecer extraña una mujer mayor entre chicos y chicas que entran y salen, beben una cerveza de prisa, fuman su pucho y se van. Cuarenta y cinco minutos de espera, voy a la puerta del pub-café, me pongo los lentes, sin lentes no veo nada de lejos, y miro la calzada y los vehículos. Los cuchillos cuelgan de los cielos amenazantes y furiosos, y una mano animal, toma los cuchillos y los clava en mi vientre, y como si no bastara aferra mi cuello y lo retuerce, un brillo lejano me despierta, sobresaltada miro el entorno. Respiro aliviada. La lluvia ha cesado, queda la llovizna pesada. Apago el cigarro, voy a girar para entrar y la veo, ahí viene ella, menuda y frágil por la esquina de la calle Víctor Lamas, a paso rápido, atrasada para variar, pienso, y tan apurada que me llamó, camina con rostro serio. Ella es seria. Me ha visto y esboza una sonrisa, empujo la puerta, al tiempo que la hago pasar, le indico la mesa donde están mis cosas, el maletín, el sombrero. Nos dirigimos hacia la mesita que nos aguarda, ella delante de mí. Nos sentamos, se quita la chaqueta, hago lo mismo. Hace una seña al chico que atiende y pide un té, lo típico, enciende un cigarrillo, me ofrece uno, le digo no, gracias, he fumado demasiado. Estoy nerviosa, no sé qué tiene que decirme, tiemblo, tengo frío. Apoyo los brazos en la mesa en actitud de espera, como si el verdugo fuera a cortarme la cabeza. Ojalá fuera eso, pienso, una ráfaga de pensamientos me invaden ¿Y si me dice que vamos a terminar, que esto no puede ser, que en realidad me tiene cariño pero no me ama? No, no y no, me digo, prefiero que me corten la cabeza, entonces no sabría nada, me iría para siempre de este mundo y no importaría que ella me dejara. Adiós dolor, adiós angustia, soledad, adiós incertidumbre, adiós a las máscaras. Sería tan fácil. Erika, comienza, lo que tengo que decirte es importante y nos involucra a ambas. Mi voz, he perdido la voz, mientras me tomo ambas manos para disimular el temblor. Los nervios me tienen la boca seca, ni siquiera me atrevo a encender un cigarrillo, al fin pregunto ¿Qué? Disimulo a duras penas mi impaciencia. María Belén sigue, he decidido que... Y yo pregunto ¿Qué? Y elevo la voz y los chicos de la mesa vecina nos miran y me siento estúpida y torpe y pienso que ha decidido irse, cortar esta relación y que no me quiere, y ella sigue que lo mejor para nosotras y mi pierna derecha se mueve agitada bajo la mesa y aprieto los nudillos y agonizo en ese instante y pregunto ¿Qué es lo mejor para nosotras? Me mira seria y titubea. Lo mejor sería… ¿Qué? repito con voz desesperada a esa altura, dime, ¿qué sería lo mejor para nosotras? repito de nuevo, a punto de estallar. María Belén respira profundo, lo que tiene que decirme no es fácil, se nota en la expresión de su rostro, su hermoso rostro y dice: no sé qué te parece, pero yo he pensado que lo mejor para nosotras, se detiene de nuevo, y agrega -mirándome con una sonrisa- es que... vivamos juntas. Lo ha dicho, y yo me quedo atónita y no atino a decir nada, únicamente experimento unas enormes ganas de llorar, y lloro desde lo profundo del alma y las cadenas se rompen con las palabras de María Belén y en las gotas que se deslizan por mis mejillas. Ella me mira, yo la miro, descubro la realidad, estoy renaciendo en esta hora, lloro como un bebé ante el milagro de la vida, el amor del universo ha entrado en nosotras y lo ha impregnado todo, absolutamente todo y cruza el umbral de este café y fluye hacia las calles de Concepción, inundado por una leve luz. La lluvia ha cesado.

Ya no somos vírgenes

©Derechos Reservados de la autora

Registro de la Propiedad Intelectual:

N° 247.541

ISBN Nº 978-956-8969-17-2

Directora:

Ingrid Odgers Toloza

Diseño General de Impresión:

Pamela Ibáñez Acevedo

Editoras:

Ingrid Odgers Toloza

Alejandra Ziebrecht

Obra de Portada:

Axel Ekdahl E.

- Tres mujeres solas

Acrílico sobre cartón

77x56 cms. 2001

Producción:

Ma. Cristina Ogalde

Impreso por Ediciones Orlando

edicionesorlando@gmail.com

Celular: 961559699

Avenida 21 de Mayo 2659 – Cs 12

Concepción, Chile – Diciembre, 2016

www.ingramcontent.com/pod-product-compliance
Lightning Source LLC
Chambersburg PA
CBHW021154130626
46554CB00005B/1810